Für alle Männer,
die mich zum Lächeln bringen.

Spannend, dass es immer
mehr werden!

© 2025 Emma Ingeborg Eiben
Verlag: BoD · Books on Demand GmbH,
Überseering 33, 22297 Hamburg,
bod@bod.de
Druck: Libri Plureos GmbH,
Friedensallee 273, 22763 Hamburg
ISBN: 978-3-7693-2822-6

All you can eat 3

Freitag, 06. Oktober - Anreise

Es ist Freitag 21:00 h. Hinter meinem Mann Ole und mir liegen anstrengende Wochen und Monate. Vor uns liegt eine nicht weniger anstrengende Fahrt von Niederrhein bis nach Sassnitz/Mukran.

Wir haben uns dieses Mal entschieden keine zusätzlichen Übernachtungen bei der An- und Abreise zu buchen. Das bedeutet, wir fahren nachts am Niederrhein los und müssen irgendwie bis etwa 9:00 Uhr in Sassnitz ankommen. Das bedeutet, dass wir etwa 12 Stunden Zeit für die 700 km haben.

Da ich nachblind bin, fahre ich eigentlich nachts nicht gerne. Zudem bin ich abends echt müde, was auch nicht gerade für eine Nachtfahrt spricht. Darum habe ich mir eine richtig gute Musik-Playlist zusammengestellt und ich suche mir meist ein Fahrzeug mit gut sichtbaren Rückleuchten, an den ich mir dranhängen kann.

So fällt mir die Fahrt leichter und irgendwann gegen 0:00 habe ich meist auch die

Müdigkeit überwunden. Dann geht es mit der Fahrerei meist ganz gut.

Wenn ich merke, dass ich doch Müde bin oder Schwierigkeiten bekomme an dem ausgesuchten KFZ dran zu bleiben, wechsele ich mich mit Ole ab. Dann kann ich ein paar Stunden schlafen und bin morgens dann wieder fit. Früh morgens habe ich kaum Probleme mit der Fahrerei. Ich bin halt ein Morgenmensch.

Jedenfalls versuchen wir es dieses Mal ohne zusätzliche Übernachtungen. Wir haben die Koffer zum Teil schon gestern in meinen französischen Kombi geladen. Jetzt kommen noch ein paar Gewürze und Küchenutensilien dazu, bevor wir selber in den Wagen steigen. Abfahrt!

Die Katzen sind versorgt, um Oles Pferd kümmert sich die langjährige Reitbeteiligung Franziska. Wir haben für alles gesorgt, ab jetzt sorgen wir nur noch für uns selber und fahren los.

Wir entscheiden uns für die Strecke über Hannover nach Hamburg und dann über Rostock nach Sassnitz. Bis Hannover halte ich durch, doch dann übergebe ich das

Steuer an Ole und schlafe ein bisschen. Irgendwann vor Lübeck hält Ole an und wir schlafen beide etwa 2 Stunden.

Dann übernehme ich wieder und fahre eine Stunde später in den Sonnenaufgang. Das ist wunderschön und es fühlt sich so langsam nach Urlaub an. Wir übertreiben es mit dem Tempo nicht, 120-130 km/h ist eine gute Reisegeschwindigkeit und bringt uns sicher und bequem dem Ziel immer näher!

Samstag, 07. Oktober - Angekommen

Es ist 7:28 Uhr als wir an dem Ortsein-gangsschild „Sassnitz" vorbeikommen. Perfekt!

Wir fahren zu LIDL und besorgen uns dort ein Frühstück mit frischem Orangensaft. Wir sind etwas müde, aber glücklich, dass unser Plan bis hierhin aufgegangen ist.

Wir sitzen im Auto und frühstücken, als unsere Handys vibrieren.

7:28 – Mika:

> *Guten Morgen!*
>
> *Ich wollte mal fragen, wie Eure Anreise läuft. Bekommt ihr die Fähre?*
>
> *Liebe Grüße von der Insel*

7:30 – Ole:

> *Guten Morgen,*
>
> *wir sind schon in Sassnitz und Frühstücken gerade. Wir werden die Fähre wohl bekommen.*

Bis später!

7:33 – Mika:

Sehr schön! Wir freuen uns auf Euch. Meldet Euch bitte, sobald ihr angekommen seid.

Wir sind im Garten und schuften.

Bis bald!

Ich gucke zu Ole und lächele. „Mika!"

Ole rollt mit den Augen und lacht.

„Da hat ein großer, blonder Däne aber wohl ganz schön viel Sehnsucht nach Dir."

Mein Lächeln wird immer breiter. „Das will ich doch hoffen!"

„Auf jeden Fall sieht es danach aus, dass wir die beiden wiedersehen werden."

Ich schließe die Augen und lehne meinen Kopf an die Kopfstütze auf dem Beifahrersitz. „Mika!"

Ole grinst. „Oh Mann! So wie Du jetzt schon drauf bist, würdest Du doch glatt nach Bornholm rüber schwimmen."

Ich lache. „Wenn das die einzige Möglichkeit wäre, würde ich es in Erwägung ziehen… und mich doppelt Ärgern, dass ich immer noch keinen Motorboot-Führerschein besitze."

Ole weiß, dass ein Motorboot Führerschein auf meiner persönlichen Lebenswunsch-liste weit oben steht.

„Der wäre ja eh nur für Binnengewässer."

„Bei guter Sicht würde ich es wohl trotzdem schaffen allen Schiffen auszuweichen und irgendwann drüben anzukommen. Vor-aussetzung ist aber, dass das Schiff hochseetauglich ist. Also ein Fischkutter oder sowas ähnliches."

„Zum Glück haben wir beides nicht. Weder ein seetaugliches Schiff noch den ent-sprechenden Führerschein."

Ich grinse meinen Mann an. „Dann müssen wir es wohl doch besser auf die Fähre schaffen."

Ole trinkt einen Schluck Espresso aus der Dose. „Das sehe ich auch so und darum fahren wir jetzt gleich auch Richtung Fähre.

Brauchen wir noch was von hier, oder aus einer Apotheke?"

Ich schüttele den Kopf. „Nein Danke. Wir können gerne schon zum Anleger fahren und dort eventuell noch eine Stunde schlafen.

„Das klingt nach einem guten Plan."

Ole startet den Wagen und knapp zehn Minuten später stehen wir schon auf einer Einfahrspur zur Fähre und haben unsere Bordkarten in der Hand.

Ich stelle den Sitz nach hinten und lege mir mein gestreiftes Kissen in den Nacken. So kann ich bequem sitzen und noch ein paar Minuten die Augen schließen. Beim Boarding, wird uns schon jemand wecken.

Wir schlafen noch eine Weile, dann spüren wir, dass Bewegung in die PKW Karawane kommt. Um 9:30 Uhr fahren wir auf die Fähre und stehen kurz darauf mit zwei dampfenden Bechern und knusprigen Spandauern, einem dänischen Gebäck, an Deck.

Um 9:50 Uhr macht die Fähre sich planmäßig zum Ablegen bereit.

Wir schreiben Mika per WhatsApp an, dass wir an Bord sind und bald auf Bornholm ankommen werden.

Er ist überrascht, dass die Fährtickets komplett in dänischer Sprache ausgestellt wurden, aber vielleicht gibt es auf der Rückfahrt ja deutsche Tickets.

Wir lieben den Moment, wenn die Leinen gelöst werden und der Kapitän richtig Schub gibt. Wir sitzen am dann meist draußen auf dem Aussichtsdeck und lassen uns den Wind um die Ohren wehen.

Leider erwischen wir heute nicht die ‚Povl Anker‘, sondern die jüngere ‚Hammershus‘, die deutlich weniger Sitzplätze auf dem Außendeck zu bieten hat.

Da wir mit dem PKW auf der dritten Reihe eingerückt sind, waren wir recht spät auf dem Deck und müssen uns zu einer Mutter mit zwei erwachsenen Söhnen und zwei Hunden dazu setzten.

Heute ist es überraschende knapp 20 Grad warm und es ist trocken. Bestes Wetter also, um mit dünner Jacke draußen zu sitzen.

Die Überfahrt dauert etwas über drei
Stunden und gegen 13:10 Uhr erreicht uns
diese Nachricht:

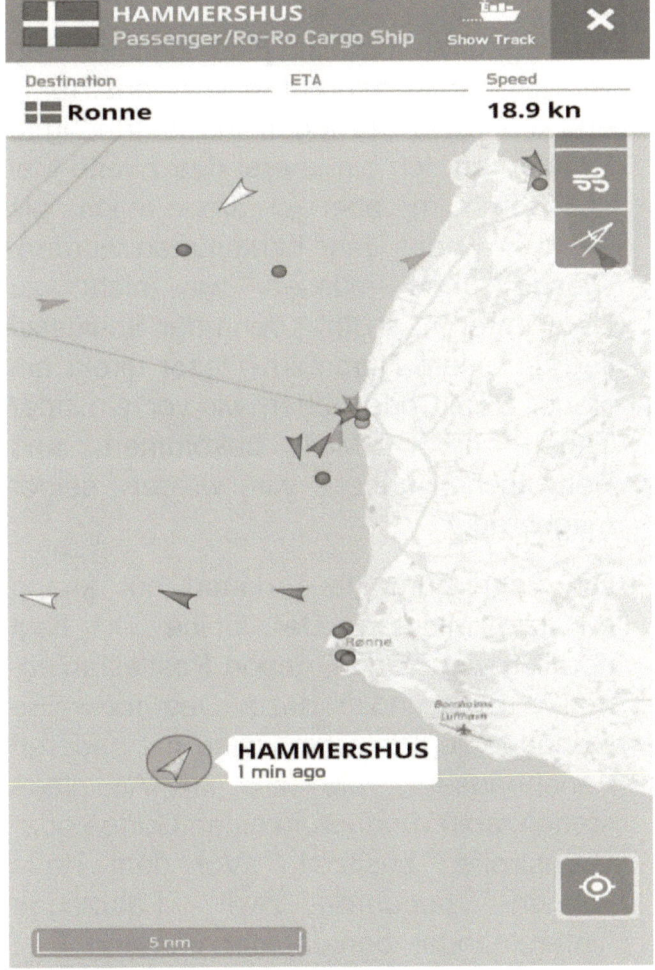

Mika scheint sich gerade deutlich weniger um seinen Garten zu kümmern, als darum wo wir uns gerade befinden. Der Mann ist spannend und irgendwie süß!

Wir legen ab und ab jetzt fühlt es sich wirklich nach Urlaub an. Die See ist ruhig und um 13:15 Uhr legen wir planmäßig in Rönnen an. Ich bin ja erst das zweite Mal auf Bornholm, aber ich freue mich, als wenn wir jedes Jahr herkommen würden. Dieses Jahr müssen wir nicht zu DanCenter in 's Büro, denn der Schlüssel liegt in einem Nummern-Tresor direkt am Haus. Den Code haben wir vor ein paar Tagen per E-Mail bekommen und Bettwäsche haben wir wieder selber mitgebracht.

Die Fahrt zum Haus dauert nur knapp zwanzig Minuten. Der kleine Ort liegt nördlich von Rönne, gehört Postleizahlen-mäßig sogar noch dazu. Das rot-weiße Gebäude liegt in einer Reihe mit anderen Ferienhäusern, die alle in Alleinlage stehen, aber rundherum einen Garten oder Grünstreifen besitzen. Vor dem Haus können bequem zwei Fahrzeuge hintereinander parken, der Eingang liegt and er linken Seite des Hauses. Neben der Haustür befindet sich der Schlüssel-Tresor, so dass wir das Gebäude schon in der nächsten Minute betreten können.

Das Haus ist großzügig geschnitten, hat ein riesiges Badezimmer mit Dusche und großer Badewanne. Es gibt zwei Schlafräume und eine sehr große Wohn-Essküche mit einem Tresen und vier Barhockern. Die meisten Möbel und die Wände sind weiß gestrichen. Die Schlafzimmer sind halbhoch in blau oder grün abgesetzt. Das Haus ist so toll, wie es schon auf den Fotos aussah. ‚Dänisch-Landhaus' würde ich es mal beschreiben.

Ich bin begeistert und freu mich darauf dem Haus ein Minimum von unserer eigenen Persönlichkeit zu verleihen und hier die nächsten 14 Tage zu verbringen.

Wir haben unser Gepäck auf ein Minimum reduziert und sind mit dem Einräumen und Auspacken schon nach etwa 30 Minuten fertig.

‚Zusammenpacken dauert immer länger' schießt es mir durch den Kopf, aber ich möchte jetzt gerade erstmal ankommen, statt schon an die Abreise zu denken.

Unsere Handys vibrieren und ich lasse den letzten Wäschestapel unbeachtet auf dem Bett legen.

13:58 – Mika:

> *Seid ihr schon angekommen?*

13:59 – Emma:

> *Wir räumen gerade ein und beziehen die Betten.* 😊

„Emma!" höre ich Ole aus dem Nebenraum rufen. Was schreibst Du denn da wieder?"

Ich lache. „Die Wahrheit und nichts als die Wahrheit." Ole steckt den Kopf in das Zimmer in dem ich gerade stehe.

„Übertreib es bitte nicht, sonst sehen wir die beiden erst nächste Woche, oder überhaupt nicht."

„Möchtest Du Freya denn gerne wiedersehen?"

Ole wirkt ein wenig ertappt macht eine unbestimmte Geste mit den Händen. „Bitte übertreib es einfach nicht! Ich weiß, dass Du dich vor allem auf Mika freust, aber wir wissen gar nicht, was und wie die beiden in Bezug auf uns gerade planen."

Da ist er wieder, mein Mann… vorsichtig, statt emotional, genau wie Freya. Mika und ich sind da völlig anders gestrickt und ich bin überzeugt der hübsche Däne erkennt einen Scherz, wenn ich ihn mache.

Ich winke ab, während mein Handy wieder vibriert. „In Ordnung, ich bin brav."

14:00 - Mika:

Spannend! ♥

Ich gucke Ole an. „Der Mann versteht einen Witz!"

Ole zuckt mit den Schultern. „Der Mann ist genauso verrückt wie Du! Ich werde antworten!"

„Yes, Sir!", ich gebe mich geschlagen.

14:00 - Ole:

> *Wir sind mit dem Ausräumen fast fertig, ziemlich müde und müssen gleich erstmal die wichtigsten Dinge einkaufen.*

„Spielverderber!" murmele ich so laut, dass Ole es mitbekommt.

14:01 - Freya:

> *Sowas dachten wir uns schon!*

> *Was haltet ihr davon, wenn wir uns morgen treffen?*

Ich starre meinen Mann an. „Morgen? Warum erst morgen?"

Ole blinzelt. „Weil die beiden vermutlich gerade dieselben Diskussionen führen wie wir. Morgen ist doch prima! Bis dahin sind wir eingerichtet haben eingekauft und sind ausgeschlafen."

Ich werfe das Mobiltelefon aufs Bett und verschränke die Arme vor der Brust.

„Na Prima!" maule ich so laut, das mein Mann es garantiert nicht überhören kann und damit ich habe Recht!.

Ole guck mich streng an, er ist offensichtlich wütend: „Frage: Du möchtest schon noch Urlaub mit mir hier machen, oder?"

Jetzt werde ich giftig: „Das ist ja wohl nicht fair! Natürlich machen wir hier zusammen Urlaub, aber es ist doch wohl schon unser Plan so viel Zeit wie möglich mit den beiden zu verbringen, oder? Abgesehen davon, liegen unsere Häuser nur ein paar Hundert Meter voneinander entfernt."

Ole wird noch strenger: „Wissen die beiden das eigentlich schon?"

Gute Frage! Ich überschlage unsere letzten WhatsApp Nachrichten in meinem Gehirn. „Da bin ich mir nicht sicher." gebe ich zu. "Ich habe Mika mal gefragt, ob sie ein Problem damit hätten, wenn wir ein nahegelegenes Haus finden würden. Das hat er verneint, aber die exakte Adresse habe ich ihnen vielleicht noch nicht genannt."

„Das ist prima Emma!" höhnt Ole. „Gerade dann sollten wir signalisieren, dass wir ihnen nicht zwei Wochen lang täglich auf die Pelle rücken wollen oder sie stalken werden. Man Emma! Wenn da keine Bäume stehen würden, könnten wir den beiden fast in den Garten gucken."

Ich bin gefrustet, aber wahrscheinlich hat Ole mal wieder Recht. Ein bisschen Vernunft und Distanz ist wahrscheinlich sinnvoll.

„Mach was Du willst, aber es wäre toll, wenn die beiden morgen zum Grillen kommen würden! Wir haben extra den Hokkaido Kürbis mitgebracht."

Ole starrt mich an. „Der hält sich auch noch in paar Tage."

Ich gebe auf, winke ab und beziehe das Bett, vor dem ich gerade stehe fertig. Ich möchte schreien, weinen oder beides zugleich. So hatte ich mir den Beginn unseres Urlaubs nicht vorgestellt. Auf der Matratze vibriert mein Handy, ich ignoriere es.

Ole stehe immer noch irgendwo hinter mir im Raum, ihn ignoriere ich gleich mit.

„Möchtest Du nicht auf das Telefon gucken?" fragt er leise.

„Nein Danke! Ihr macht das schon!" Oh Gott! ich bin echt angefressen.

Ole atmet hörbar ein und verlässt den Raum. Ich setzte mich auf das Bett und versuche meinen Puls zu beruhigen. Wahrscheinlich hat er ja Recht, aber ich hatte mich so darauf gefreut die beiden heute vielleicht schon zu sehen und Ole fragt nicht mal danach, ob das in Frage kommt. Wir könnten doch zum Beispiel nachher einfach zusammen MIRACOLI 2.0 essen. Das wäre doch gar kein Problem und völlig unverbindlich! Ich kann es gerade nicht nachvollziehen.

Mein Handy brummt. Was immer Ole auch geschrieben hat, da kommt die Antwort aus der Nachbarschaft.

So dicht dran und doch so weit entfernt… Scheiße!

Mir rinnt eine Träne über die Wange. Ob aus Frust oder Wut kann ich gerade selber nicht sagen. Ich merke nur mal wieder: ich bin zu emotional!

Ich möchte das Handy gerade an die Wand werfen oder einfach zu den beiden rüberfahren, aber ich weiß genau, dass ich beides nicht machen werde. Natürlich möchte ich in erster Linie hier Urlaub machen. Mit meinem Mann!

Trotzdem frage ich mich seit Wochen, wie Freya und vor allem Mika in Bezug auf uns planen. Ist er immer noch am uns oder mir interessiert? Möchte er sich nochmal mit uns ‚treffen'?

Ich reibe die Träne weg, atme tief durch und greife nach dem Mobiltelefon. Es sind neue Nachrichten angekommen.

Na prima, soviel wusste ich ja auch vorher schon!

14:05 - Ole:

> *Was haltet ihr davon, wenn ihr morgen um 16:00 zum Grillen vorbei kommt. Bis dahin sind wir hier mit allem fertig.*

14:07 - Freya:

> *Das wäre für uns optimal, da wir gerade noch Besuch haben und*

morgen gerne ausschlafen möch-
ten.

Ich starre auf das Display. Besuch? Verwandtschaft? Freunde? Oder ein anderes Paar? ...ich bekomme gleich Sodbrennen.

Das läuft hier gerade gar nicht so, wie ich es mir erhofft hatte. Zudem bin ich überzeugt, dass die Konversation anders ablaufen würde, wenn Mika und ich uns austauschen würden. Vermutlich hat Ole Recht: Die beiden diskutieren gerade genauso wie wir.

…hoffentlich machen sie das nicht!

Das Handy zeigt den Eingang einer weiteren Nachricht an.

14:10 – Ole:

> *Prima, wir freuen uns auf Euch.*

Morgen also um 16:00 Uhr!

Bis dahin haben wir wirklich alles eingekauft, die Cocktails geplant und ein richtig gutes BBQ vorbereitet. Ich möchte die beiden beeindrucken, dafür benötige ich ein wenig Vorlaufzeit. Die habe ich jetzt... Also werde ich das Maximum aus mir und dem Essen herausholen!

14:12 – Emma:

> *Bringt Hunger mit, es lohnt sich!*

14:13 – Mika:

> *Hunger habe ich jetzt schon!*
>
> *Bis Morgen.*

Ich lächle das Display an. Mika hat jetzt schon ‚Hunger'. ...ich auch!

Ich schalte das Display ab und gehe in Kampfstimmung zurück in die Wohnküche. Ich möchte jetzt Einkaufen gehen. Morgen möchte ich bitte keine Überraschungen erleben oder irgendeine Zutat nicht bekommen haben. Das Essen wird perfekt!

Ich gehe zurück in die Wohn-Küche und schnappe mir meinen Autoschlüssel und die Handtasche.

„Na dann mal los." Ole guckt etwas irritiert aus dem zweiten Schlafzimmer. „Was jetzt... Einkaufen?"

Ich starre ihn an. „Ja, bitte. Das wolltest Du doch heute gerne machen."

„Man hast Du eine gute Laune."

„Was dachtest Du denn? Dass ich vor Begeisterung aus dem Hemd springe? Mir hätte heute Abend MIRACOLI zu viert genügt, aber Du fragst nicht mal nach. Jetzt bleibt das Grillen morgen und das muss absolut perfekt werden."

Ole sieht aus, als wenn er in eine Zitrone gebissen hätte. „Wo soll es denn hingehen?"

Ich bin mindestens genau so sauer: „Ich kenn mich hier noch nicht aus, aber in Rønne gibt es diverse Supermärkte."

Ole wirft ein Handtuch auf das Bett. „Kvickly?"

„Gerne!"

Wir fahren los und verbringen den Nachmittag mit einkaufen und bummeln.

Nach dem riesigen Supermarkt fahren wir noch in einen LIDL, in dem wir die letzten Zutaten und Lebensmittel wie geräucherte Rulepølse (einen leckeren, dänischen Aufschnitt) und Hirtenkäse bekommen.

Wieder im Ferienhaus verstauen wir die Einkäufe und kochen Nudeln mit Tomatensauce, so wie es am ersten Abend auf Bornholm Familientradition ist. Dazu gibt es frischen Parmesan und einen guten Rotwein.

Der Abend verläuft entspannt, unsere Nerven haben sich wieder beruhigt. Jetzt genießen wir das Essen zu Zweit und den ausklingenden Abend.

Wir sind beide müde, gehen zusammen kurz unter die Dusche und dann recht früh zu Bett.

Den Sonntagvormittag verbringen wir sehr unterschiedlich.

Nach dem gemeinsamen Frühstück holt Ole noch ein paar Getränke, während ich mit den Vorbereitungen für das abendliche BBQ beginne.

Da Mika bei unserem letzten BBQ so sehr von dem mit Tomaten überbackenen Hirtenkäse begeistert war, habe ich mir überlegt eins unserer Lieblingsgerichte für ihn zuzubereiten. Hierfür habe ich aus Deutschland extra einen kleinen Hokkaido-Kürbis mitgebracht, weil ich nicht wusste, ob ich den auf Bornholm bekomme. Dieser wird grob in Spalten geschnitten, kurz in Butter angebraten und dann mit Hirtenkäse und etwas Honig im Ofen überbacken. Beim Servieren wird nochmal ein bisschen Honig darüber verteilt. Wir haben dieses Gericht bei einem italienischen Buffet kennen gelernt und es schmeckt fantastisch. Zudem ist es mal wieder der Beweis, dass gutes Essen weder teuer noch aufwendig sein muss. Man braucht nur Ideen und ein paar gute Zutaten.

Diesen Mal wollen wir noch ein bisschen aufwendiger grillen, als im Sommer! Wir machen neben etwas Bio-Fleisch auch ein paar Fischspießchen, mit Parmesan und Sahne überbackene Fächerkartoffeln und natürlich auch einen Salat und etwas Brot. Ich hoffe inständig, dass die beiden dieses Mal etwas mehr essen. Im Mai war nach einer Hühnerbrust mit Beilagen schon Schluss. Das wäre heute wirklich schade!

Als Dessert gibt es Blaubeer-Apfel-Crumble, wahlweise mit Sahne und Zimt-Zucker oder mit Lakritz- oder Schokoladensaucen. In Dänemark gibt es Blaubeeren an jeder Ecke. Damit können wir einfach nichts falsch machen.

Da unser Menü schon in Deutschland feststand, habe ich dieses Mal auch eine schöne Speisekarte vorbereiten können, die gut sichtbar in dem DIN A5 Display steckt, was wir im Mai für die Cocktailkarte extra gekauft haben. Heute Abend gibt es eine beidseitige Karte. Zuerst das Abendessen, später drehe ich die Karte um, dann gibt es die Cocktail Karte.

Da die beiden heute kein Auto mehr fahren müssen, haben wir uns sowohl auf alkoholische, wie auch anti-alkoholische Getränke eingestellt. Für Pia haben wir natürlich auch einen guten Weißwein kaltgestellt, heiße Schokolade mit Rum haben wir auch wieder im Angebot. Wir kennen ja ein paar Vorlieben unserer Gäste und berücksichtigen diese selbstverständlich.

Ich gehe nicht davon aus, dass wir heute nach dem Essen wieder spazieren gehen. Mir schwebt eher ein Spieleabend mit Kniffel oder LUDO (das ist die internationale Bezeichnung für „Mensch Ärgere Dich nicht") vor. Mal sehen, ob ich damit durchkomme. Ole findet die Idee jedenfalls gut.

Die Zeit rennt und irgendwann sind alle sinnvollen Vorbereitungen abgeschlossen. Ich gehe duschen, achte aber darauf, dass meine Haare nicht nass werden, sondern trocken und glatt bleiben. Dann stehe ich ratlos vor dem Kleiderschrank. Was soll ich anziehen?

Kurze Hose und ein Shirt mit Carmenausschnitt, waren im Mai eine gute Wahl. Allerdings wissen wir ja gar nicht, ob es heute nicht bei einem rein freundschaftlichen Besuch bleibt. Dann wäre es ziemlich peinlich, wenn ich zu viel Haut zeige. Ich möchte das beide sich heute Abend bei uns wohl fühlen und ich werde Mika hier nicht vor seiner Frau irgendwie anbaggern. Ich finde: Sowas gehört sich nicht, auch wenn wir schon zusammen im Bett (und auf der Couch) waren! Es ist Ihr Mann und ich habe keine Ansprüche auf irgendetwas.

Also nehme ich eine rosa Bluse mit dreiviertel Arm, einen passenden Chiffon-schal und eine lange schwarze Hose aus dem Schrank. Das ist chic, vorteilhaft und unverbindlich. Schöne Wohlfühlklamotten eben!

Meine vor zwei Tagen geglätteten, frisch gesträhnten Haare liegen gut, mein Schmuck ist eher dezent aber elegant, das Makeup besteht aus Wimperntusche und rotem Labello. Ich habe fertig!

Ich gucke in den Spiegel und finde gut was ich sehe. Das ist bei weitem nicht immer so, aber jetzt gerade sieht das alles so aus, wie ich es gerne hätte. Seit dem Sommer habe ich über 10 kg abgenommen und das sieht man mir auch an. Sehr gut!

Ole entscheidet sich auch für ein ordentliches Outfit. Hemd mit leichtem Pulli, eine lange Hose und braune Leder-schuhe. Seine Haare und der Bart sind seit Donnerstag frisch und professionell geschnitten, weil wir einen Doppeltermin beim Frisör hatten. Abgenommen hat er seit dem Sommer auch etwas. Er sieht gut aus!

Natürlich fühle ich mich irgendwann wieder wie ein Raubtier im Käfig und möchte einfach nur, dass die Warterei vorübergeht. Ich neige ja nicht dazu bei Nervosität hin und her zu laufe, aber ich sitze auf der Couch und brüte, während Ole in der Küche herumschleicht.

Als es an der Tür klopft bin ich erlöst und springe fast von der Couch. Sie sind da!

Ole ist vor mir an der Tür und öffnet sie. Freya und Mika stehen draußen. Sie sind legerer gekleidet als wir. Freya trägt wie ich eine Hose und einen leichten Pulli. Mir fällt ihre Kette mit einem tollen Anhänger in Kleeblattform mit einem Peridot in der Mitte. Mika trägt mal wieder eine halblange Hose und ein Shirt. Dem Mann scheint schon wieder warm zu sein.

Ole umarmt erst Freya, dann Mika und lässt die beiden dann eintreten. Freya und ich begrüßen uns zwar mit einer festen Umarmung, aber Mika scheint mich gar nicht mehr loslassen zu wollen und streicht mir zudem mit einer Hand über den Rücken. Das fühlt sich wundervoll an und ich bin mir schlagartig sicher, dass es ein ganz wundervoller Abend wird.

Endlich finde ich meine Sprache wieder: „Schön, dass ihr hier seid!"

„Eigentlich wären wir ja jetzt erstmal mit einer Einladung zum Grillen dran gewesen." sagt Mika, während er mir nochmal mit seiner Rechten über den Arm streicht.

„Das ist doch völlig egal, Hauptsache wir sehen uns wieder und es wird ein schöner Abend." Antworte ich und ergänze: „Ich bin so froh, dass wir uns treffen. Wie wir wissen, können zwei Wochen schnell vorbei sein."

„Wollen wir einmal kurz durch das Haus gehen?" fragt Ole und deutet auf den naheliegendsten Raum. Wir wollen! Es gibt die beiden wunderschönen Schlafzimmer und das große Badezimmer mit der Zwei-Personen-Eck-Badewanne.

Mika lächelt über das ganze Gesicht: „Das sieht aber bequem aus."

Ich lache. „Ja, dieses Mal musste es unbedingt ein Haus mit Badewanne sein. Das ist das einzige, was ich bei dem gelben Haus vermisst habe."

„Das gelbe Haus ist genial." sagt Freya und damit hat sie Recht. Aber es liegt auf der anderen Seite der Insel. Dieses Haus liegt nur wenige hundert Meter von Freyas und Mikas Wohnhaus entfernt. Ein echter Vorteil für einen schönen Abend mit alkoholischen Getränken. Ich gehe nicht davon aus, dass die beiden heute Abend bei uns übernachten wollen, da sie morgen arbeiten gehen müssen. Darum haben wir uns heute auch sehr früh verabredet.

Das Highlight dieses Hauses ist aber die große Wohnküche mit einem Tresen und Barhockern. So kann man auch noch etwas zusammensitzen, während man gleichzeitig kocht oder etwas vorbereitet. Von dem Esstisch aus hat man einen traumhaften Blick in den Garten und das unverbaute Gelände hinter dem Haus. Die eingezäunte Terrasse ist riesig und wird von einem gemauerten Grill dominiert. Man kann hier toll grillen und eine schöne Party feiern.

Trotz guten Wetters haben wir den Esstisch aber innen gedeckt. Es könnte noch deutlich kühler werden und falls wir und wirklich noch für eine Spielrunde entscheiden, sollen die Figuren auch nicht dem Wind zum Opfer fallen.

Ole hat den Grill schon vorgeheizt und das Fleisch aus dem Kühlschrank genommen. Die Kartoffeln und der Kürbis stehen im heißen Backofen. Wir können also jederzeit loslegen.

„Gefällt es euch?" frage ich.

Mika nickt deutlich, Freya sagt: „Ich hätte gedacht, dass ihr wieder das gelbe Haus bucht."

Ich gucke Sie an. „Wir mussten diese beiden Wochen Urlaub nehmen, weil wir eigentlich nach Österreich wollten. Das ist im Sommer aber abgesagt worden, darum haben wir uns für einen zweiten Urlaub hier entschieden. Deshalb mussten wir ein zeitlich verfügbar Haus nehmen."

Freya guckt mich an. „Und verfügbar war ausgerechnet ein Haus in dem Ort, in dem wir wohnen?"

Ole guckt mich auch an. „Ich habe Dir gleich gesagt, dass das eine dumme Idee ist. Das Haus ist zu dicht dran!"

Ich trete schuldbewusst von einem Bein auf das andere. „Es gab eine Alternative in Aakirkeby, aber das hätten wir über Booking.com buchen müssen und das habe ich nach dem Fiasko im Sommer nicht machen wollen. Sonst hätten wir jetzt vielleicht gar kein Ferienhaus und würden jetzt noch in Sassnitz rumstehen."

Mika lächelt. „Darum hast Du mich auch im Vorfeld gefragt, ob wir ein Problem damit haben, wo genau das Ferienhaus liegt."

Ich nicke: „Stimmt. Ich dachte halt, wenn wir abends mal was trinken wollen, ist das hier kein Problem, weil niemand mehr Auto fahren muss. Ein Treffen ist so viel einfacher, aber es soll keinen Druck machen, oder eine Belastung für Euch sein. Wir wissen, dass ihr wenig Zeit habt."

Mika streicht mir wieder über den Arm: „Ich habe kein Problem mit dem Haus. Es ist wunderschön und ich finde es klasse, dass wir es jetzt mal von innen sehen können."

Freya nickt. „Das stimmt. Es ist schön und praktisch. Trotzdem können wir nicht jeden Abend zu Besuch kommen."

Ich winke ab. „Das erwarten wir ja auch gar nicht. Aber falls ihr auch mal spontan vorbeikommen möchtet, ist es doch optimal, wenn wir nicht so weit weg sind, oder?"

Freya legt den Kopf schief: „Meinst Du wirklich uns oder vielleicht nur Mika alleine?"

Mein Gehirn explodiert. Das klingt gar nicht gut! Ich dachte sie hätte kein Problem damit gehabt, dass Mika im Sommer einen Tag alleine zu uns gefahren ist.

Es ist Zeit für eine ehrliche Antwort! Ich gucke Freya direkt an. "Liebe Freya, wir haben Euch eingeladen, weil wir heute gerne einen schönen Abend mit Euch beiden verbringen wollen. Ob und wann wir das wiederholen, kann ich nicht sagen, aber falls wir das machen, freue ich mich sehr."

Sie lächelt. „Wir freuen uns auch auf einen schönen Abend mit Euch. Den Rest warten wir mal ab."

Ole macht eine einladende Geste in Richtung des Esstisches. „Ich würde sagen, dann fangen wir doch mal an."

Mika lächelt ihn an. „Kann ich Dir beim Grillen helfen?"

Ole nickt. „Aber klar doch, Grillen ist ja auch Männersache und ich habe leckeres Bio-Fleisch vorbereitet!"

Ich zucke nur mit den Schultern und gucke Freya entschuldigend an, die selber schmunzeln muss. Unsere Männer wollen ‚Feuer machen'. Sollen sie doch, es entspricht ja ihrer Natur.

Wir Weibchen übernehmen den Rest hier drinnen. Den Tisch habe ich ja schon fertig gedeckt und auch die Speisekarte wird jetzt von Freya bewundert. Ja, wir haben uns mal wieder etwas Mühe gemacht, um die beiden ein bisschen zu beeindrucken und das scheint auch wieder zu funktionieren.

Die Männer legen draußen das Fleisch auf den Rost, ich drehe drinnen den Backoffen auf Grillfunktion.

Ich nutze die Möglichkeit um Freya nochmal persönlich anzusprechen. „Freya, ich würde gerne etwas klarstellen."

Sie steht neben mir, guckt zu mir rüber.

„Ich habe dieses Haus nicht gebucht, weil wir Euch unter Druck setzten oder Euch auf die Pelle rücken wollen. Wirklich nicht. Ich hatte aber gehofft, dass wir uns wiedersehen und da fand ich ein Haus in Eurer nähe einfach praktisch."

„Aha…" sagt sie, scheint aber noch auf etwas zu warten.

„Ich mag Deinen Mann, aber ich bin nicht in ihn verliebt. Ich würde Ole niemals hergeben oder irgendetwas tun, was unsere Ehe gefährdet. Ich bin völlig überzeugt, dass ich mit Ole zusammenbleibe, bis einer von uns beiden irgendwann stirbt."

Freya guckt auf die Küchentheke, legt ein Geschirrtuch zusammen. „So geht es mir mit Mika auch." sagt sie leise. Dann stellt sie die Frage, die ich erwartet habe: „Aber Du möchtest mit meinem Mann trotzdem wieder ins Bett gehen, richtig?"

DAS ist die Frage, aller Fragen!

Ich lege selber ein Geschirrtuch auf den Tresen und denke einen Moment nach. Freya möchte eine Antwort und dazu hat sie auch das Recht.

Also fasse ich meinen Mut zusammen und antworte ihr ehrlich: „Falls Dein Mann Interesse hätte und das für alle Beteiligten in Ordnung ist, würde ich mich wirklich gerne nochmal mit Mika treffen. Falls er oder irgendjemand das nicht in Ordnung findet, dann sind wir einfach nur Freunde und dabei bleibt es dann auch!"

Wie wird sie darauf reagieren?

Freya guckt mich einen Moment fest an. Dieser Frau wirkt freundlich, aber jetzt gerade zeigt sie mir ein perfektes Pokerface. Ich kann gar keine Reaktion in

Ihrem Gesicht erkennen und muss geduldig warten, bis sie mir antwortet.

„Du bist ehrlich, das rechne ich Dir hoch an!"

Ich lächele schwach. „Wirklich ich möchte nichts machen, was für Euch unangenehm wird. Ich werde deinen Mann hier nicht anmachen oder sowas, aber ich wäre unehrlich, wenn ich nicht zugeben würde, dass er der attraktivste und liebeswerteste Mann ist, den ich seit vielen Jahren kennen gelernt habe. Ole ist der richtige Mann an meiner Seite, aber Mika hat eine Aus-strahlung, die mich so glücklich macht, dass ich es selber nicht begreifen kann. Ich fühle mich in seiner Nähe unglaublich wohl und dass meine ich nicht nur sexuell. Ich finde ihn einfach toll!"

Freya lächelt: „Das Gefühl kenne ich!"

Wir gucken uns ein paar Augenblicke schweigend an und lassen die Worte zwischen uns einfach mal so stehen.

Freya macht eine unbedeutende Geste. „Wir werden sehen, wie der Abend sich heute entwickelt. Mika macht eh was er

möchte. Hauptsache er kommt anschließend wieder nach Hause."

Das klingt für mich irgendwie nicht so gut. Mika sieht super aus und kommt bei Frauen bestimmt gut an. Trotzdem hatte ich bisher nicht den Eindruck, dass er ein Schürzenjäger ist. Hoffentlich irre ich mich da nicht.

Und wenn doch?

Macht das einen Unterscheid für mich? Er ist ja nicht mein Mann und es gibt einige Paare die erfolgreich eine recht offene Ehe führen. Aber will ich wirklich nur eine weitere Kerbe in einem Bettpfosten sein?

Keine Ahnung. Freya hat Recht: Warten wir erstmal ab, wie der Abend sich entwickelt!

Freya guckt mich erwartungsvoll an „Kann ich Dir irgendwie helfen?"

Ich gucke mich um. „Danke! Hier ist gerade alles unter Kontrolle." Ich gucke in den Garten, wo die Herren das Fleisch auf dem Grill umdrehen. Dann deute ich auf den Esstisch. „Aber Vielleicht können unsere Herren da draußen gleich eine große Fleischplatte gebrauchen."

„Dann frage ich mal nach." Freya lächelt, nimmt die entsprechende Keramik vom Tisch und geht mit damit auf die Terrasse.

Als ich den Backofen öffne und die beiden Keramikformen aus dem Ofen nehme, kommt Mika rein.

Er stellt sind hinter mich und guckt über meiner Schulter auf die Kartoffeln und den überbackenen Kürbis, während ich mit einem Löffel noch etwas Honig auf dem Hirtenkäse verteile.

„Was ist das denn?" fragt er interessiert.

„Du fandest doch den überbackenen Käse so toll, darum habe ich heute ein anderes unserer Lieblingsgerichte mit Hirtenkäse für Dich gemacht."

Er lehnt sich von hinten an mich und schnuppert in Richtung der Formen. Dabei berühren unsere Körper sich der Länge nach. Irre ich mich, oder ist der Mann gerade gedanklich und körperlich schon wieder bei etwas anderem? Ich bin nicht sicher, würde aber nicht darauf wetten, dass es nicht schon wieder ‚gefährlich' um ihn steht.

„Das riecht fantastisch." Murmelt er mir ins linke Ohr.

Ich gucke über die Schulter. „Vertrau mir, das ist atemberaubend lecker."

Er lächelt und meine Knie werden weich. Ich mag diesen Mann!

Ich nehme den gut abgetropften Honiglöffel und fische ein kleines Stück Kürbis aus der Form. „Möchtest Du probieren?"

Er starrt mich einen Augenblick an, dann lächelt er und öffnete seinen Mund.

Ich puste zuerst etwas Luft auf das Gemüse, denn ich möchte ihn nicht mit dem heißen Essen verbrennen. Dann schiebe ich den Löffel zwischen seine Lippen.

Er schließt die Augen, kämpft kurz mit der Hitze und kaut dann zufrieden.

„Au Mann ist das lecker!" Er schluckt und sieht mich an. „Das schmeckt fantastisch!"

Ich lächle zu ihm hoch. „Ich weiß! Darum habe ich es ja gemacht."

„Du bist eine tolle Köchin!" flüstert er und haucht mir einen Kuss unter das Ohr. „Und eine tolle Frau."

Dieser Mann ist wirklich süß und er weiß genau, was ich hören möchte. Hoffentlich geht der Abend genau so weiter.

„Charmeur." flüstere ich und streiche mit meinen Fingerspitzen über seine linke Wange. „Wie weit ist Ole mit dem Fleisch?"

Er blinzelt einmal und guckt kurz zur Terassentür. „Das Fleisch ist fast fertig."

„Schön, dann kann ich den Nachtisch jetzt in den Ofenschieben, während wir essen."

„Ihr habt Euch wieder ganz schön viel Mühe gemacht." sagt er.

Ich drehe mich zu Mika um. „Hör mal Mika, ich hoffe, dass wir uns alle vier gut verstehen und einen schönen Abend haben. Zudem kochen wir beide wirklich gerne, für uns gehört das einfach dazu."

Ich greife nach der noch kalten Form, die auf dem Tresen steht und stelle sie in den Ofen. Als ich mich wieder zu ihm umdrehe steht Mika direkt vor mir und stützt seine

Hände links und rechts von mir auf die Arbeitsplatte. Ich bin gefangen.

„Kann ich Dir hier noch irgendwie helfen?"

Ich gucke zu ihm hoch. „Du bist hier, das ist alles was ich gerade brauche."

Er sieht zu mir runter, sagt aber nichts. Ich erkenne wie es hinter seiner Stirn arbeitet, ich würde darauf wetten, dass er mich jetzt gerne küssen würde. Er bewegt sich aber nicht.

Ich lächle und streiche ihm mit einer Hand über seinen Unterarm.

„Jetzt wird erst mal gegessen." Damit schiebe ich mich an ihm vorbei und stelle die Form mit dem Kürbis auf den Esstisch. Mika nimmt sich die Kartoffeln und stellt sie daneben, während Ole und Freya von draußen mit dem Fleisch reinkommen. Perfektes Timing!

Wir setzten uns an den Tisch legen los. Ole hat einen guten Weißwein für Pia kaltgestellt, den er jetzt serviert. Ich genieße ein Glas Rotwein und die Männer nehmen sich jeder erstmal ein deutsches Bier.

Wie erwartet, punkten wir nicht nur mit dem Bio-Fleisch, sondern vor allem mit dem überbackenen Honig-Käse-Kürbis.

Nicht nur Mika ist begeistert, auch Freya möchte unbedingt das Rezept. Im Gegensatz zum Sommer langen wir dieses Mal alle ordentlich zu und als ich dann noch den heißen Blaubeer-Apfel-Crumble mit Zimt Sahne als Nachtisch serviere, ist die kulinarische Stimmung auf den Höhepunkt. Zudem riecht der ganze Raum nach frisch gebackenem Kuchen und einer guten Prise Zimt. Für eine typisch deutsche Touristin, fühle sich das gerade sehr ‚hygge' an.

Wir räumen den Tisch ab und werfen einen kritischen Blick durch die Fenster nach draußen. Es ist sehr windig und sieht nach baldigem Regen aus. Ich gucke auf Mikas kurze Hose und beschließe ihm für den Rückweg eine lange Hose anzubieten.

Ole sieht durch ein Fenster und zieht die Stirn kraus. „Ich fürchte das Wetter ist nicht das Beste."

Mika nickt zustimmend, Freya guckt mich lächelnd an. „Dann fällt ein Spaziergang ja wohl aus."

Ich nicke. „Das stimmt, aber wir könnten ja eine Runde ‚Kniffel‘ oder ‚Mensch ärgere Dich nicht‘ spielen‘."

Freya guckt irritiert. „Was ist ‚Kniffel‘ und ‚Mensch ärgere Dich nicht‘?

Ole lacht. „Oh sorry! International heißt das YATZY und LUDO."

Unsere Gäste nicken, diese Spiele kennen sie natürlich. Wir diskutieren ein bisschen und dann entscheiden wir uns für eine Runde LUDO. Ole holt das Spiel aus dem Schrank und baut es auf. Ich spiele mit Gelb. Wir würfeln jeder einmal, mit dem Ergebnis, dass Ole anfange darf.

Natürlich schlägt jeder jeden, sobald er die Chance dazu bekommt. Das ist genau meine Kernkompetenz, was bedeutet: Ich spiele grottenschlecht. Zuerst bin ich die Letzte, die überhaupt rauskommt, dann wird meine Figur schon nach zwei Zügen von Freya geschlagen und ich muss von vorne anfangen. Ganz prima!

„Bäh, das kann ja ein langer Abend werden." murmele ich vor mich hin. Drei Runden später, stehe ich vor der gleichen

Situation. Ich habe wieder keine aktive Figur im Spiel.

Dezenter Frust macht sich in mir breit. „Wenn das so weiter geht, muss ich hier bald noch Strafe zahlen."

„Au ja!" Ole lacht. „Du könntest ja eine Socke ausziehen!"

Wir müssen alle lachen. Ich denke an den Hauselfen ‚Dobby' aus Harry Potter, für den Socken, nach seiner Freilassung, die liebsten Kleidungstücke sind.

„Und was dann?" fragt Mika. „Ziehen wir alle für jede geschlagene Figur jetzt etwas aus oder muss nur Emma strippen?"

Ich starre ihn an. „Das hättest Du wohl gerne! Und nur zur Info: Ich trage keine Socken!"

„Umso besser..." Ole lächelt und zwinkert mir zu. „Immerhin trägst Du zwei Schuhe."

Ich starre über den Tisch und gucke in das lachende Gesicht meines Mannes, der sich gerade einen Schluck Bier genehmigt.

„Du spinnst doch!" sage ich ernst.

Ole tut unschuldig und zuckt mit den Schultern. „Warum?"

„Weil das einen verdammt blöde Idee ist!"

Freya lacht. „Ich glaube das nennt man dann ‚Strip-Ludo'."

Jetzt starre ich sie entsetzt an. „Das klingt, als wenn Du das lustig finden würdest."

Freya nippt an ihrem Weißwein, „Irgendwie schon und es wäre mal was ganz anderes."

„Ich freue mich ja, wenn ihr mit Euren Körpern so zufrieden seid, aber ich mache da nicht mit!" sage ich. „Wer ist dran?"

Mika greift nach dem Würfel und spielt weiter, während er mich immer wieder von der Seite ansieht.

„Lustig wäre es schon!" murmelt er in meine Richtung.

Klar, sehr lustig. Besonders auf meine Kosten!

Zwei Runden später schlägt Mika eine Spielfigur von Ole. Mein Mann zögert einen Moment, stellt seine Figur zurück auf seine ‚Homebase' und starrt mich einen Augenblick unentschlossen an. Dann greift er unter den Tisch, hampelt etwas herum und wedelt dann kurz mit einer Socke.

Männer tragen Socken… ein echter Vorteil bei Strip-Ludo! Ich trage nicht mal eine Strumpfhose.

Ich starre über den Tisch. „Das ist nicht Dein Ernst!" flüstere ich.

Mika lacht, Freya zuckt mit den Schultern, nippt am Wein und sagt. „Also ich bin dabei."

Mika guckt zu mir rüber und lächelt. „Ich auch!"

„Ihr seid verrückt! Alle miteinander!" maule ich und schiebe Ole den Würfel hin. „Du bist dran."

Als nächstes trifft es Mika: Er zieht einfach sein T-Shirt aus und wirft es hinter sich. Der Mann sitzt jetzt ‚oben ohne' da.

Ich starre einen Moment wie gebannt auf seinen nackten Oberkörper. So viel nackte Haut hatte ich heute Abend nicht direkt erwartet. Männer sind da echt entspannt.

Danach trifft es zweimal mich und einmal Freya. Wir Frauen verlieren insgesamt drei Schuhe und Ole verliert seinen zweiten Socken. Wir beschließen, dass Schuhe bei den Herren nicht zählen. Kurz darauf verliert auch Mika seine beiden Socken, ab jetzt wird es spannend! Dann werde ich wieder geschlagen und verliere nach einander den Schal und die lange Hose. Ich fühle mich jetzt schon nackt. Mika lächelt vor sich hin.

Oles T-Shirt und Freyas zweiter Schuh ist als nächstes auf dem Wäschehaufen und dann trifft es schon wieder mich.

Ich trage nur noch Slip, BH und Bluse. Ganz schön wenig Stoff. Ich stehe auf, gehe um den Tisch herum zu meinem Mann.

„Würdest Du mir bitte mal helfen?" frage ich und drehe ihm den Rücken zu. Er weiß was ich meine und greift unter der Bluse nach meinem BH-Verschluss. Als er offen ist, ziehe ich die Träger abwechselnd aus den Ärmeln heraus und ziehe die Arme aus den Trägern. Danach greife ich vorn unter die Bluse und ziehe den roten BH hervor.

Mikas Blick glüht, Freya lacht leise und klatscht in die Hände. Ich schwenke den BH in meiner Hand hin und her, dann lasse ich ihn neben Mikas Stuhl auf den Boden fallen und setze mich wieder neben ihn.

Mika lächelt, blinzelt und beugt sich mit verschränkten Armen zu mir rüber. „Ab jetzt wird es spannend!"

Dieser Mann macht mich wirklich nervös und er hat Recht. Meine Klamotten werden ganz schön knapp und ich habe erst zwei Figuren sicher im Haus. Ich muss dieses Spiel ja nicht gewinnen, aber bei den andern sieht es auch nicht nach einem baldigen Sieg aus.

Es wird brenzlig für mich… meine Nerven flattern und mir ist schlecht. Das darf ich mir jetzt aber nicht anmerken lassen, sonst sind garantiert alle hinter meinen Figuren her.

Ole hat schon keinen Pulli und Hemd mehr an, jetzt ist das T-Shirt dran. Sein Zwiebel-look neigt sich auch langsam dem Ende entgegen. Es wird für uns alle knapp, aber ich spiele leider schlechter als die anderen.

Es trifft Freya. Ich bin gespannt, denn viel hat sie auch nicht mehr an. Auf jeden Fall wirkt sie souverän, als sie die Bluse aufknöpft und diese langsam auszieht. Selbst mir bleibt für eine kurzen Moment der Mund offenstehen. Freya trägt jetzt nur noch BH und Slip und setzt sich wieder hin.

Ihre Figur ist absolut in Ordnung, die Wäsche chic. Ich zolle meinem Mann Respekt, der es schafft sie nicht sabbernd anzustarren. Für mich ist klar, dass ich meine Bluse bis zuletzt verteidigen werde. Oben ohne, werde ich mit meinen riesigen Hängetitten hier nicht am Tisch sitzen und mich angaffen lassen!

Was machen wir eigentlich, wenn wir gar nichts mehr anhaben? Unsere Organe auf den Tisch legen? Meine Stimmung ist angespannt.

Natürlich trifft es mich als nächstes. Scheiße!

Ich trage ja eh nur noch zwei Kleidungs- stücke, was bedeutet: entweder... oder! Da ich die Bluse ja nicht hergeben möchte, ist die Wahl gefallen. Ich stehe langsam auf, während drei Augenpaare jeder meiner

Bewegungen folgen. Ich schlucke und schiebe meinen Slip runter. Die Bluse reicht mir etwa bis zur Mitte der Oberschenkel. Bücken darf ich mich jetzt nicht mehr, also lasse ich den Slip einfach an den Beinen runterrutschen und schiebe ihn mit einem Fuß zur Seite. Dann setze ich mich zurück auf den Stuhl.

Wenn ich jetzt noch eine Figur verliere bin ich wirklich im Eimer und werde um Grade flehen. Die Bluse bleibt aber an! Sollen sie mich doch disqualifizieren. Ich zittere, was ich auf meine Nerven schiebe. Hoffentlich gewinnt bald jemand! Ole und Freya haben schon drei Figuren sicher im Haus. Mika und ich jeweils nur zwei, wobei mich der Würfelgott heute wirklich nicht gerne hat.

Drei Runden weiter werde ich erlöst: Freya würfelt eine drei und stellt ihre letzte Figur ins Haus. Sie hat das Spiel gewonnen.

Ich denke nicht, dass wir die restlichen Platzierungen ausspielen werden und gucke mich um. Mika und Ole tragen nur noch ihre Boxershorts, Freya noch BH, Slip und ich nur noch die Bluse. Das ist ziemlich wenig Stoff überall, aber die Stimmung ist gut!

Wir stoßen mit den Getränken auf die Siegerin an und trinken einen Schluck.

Ole guckt zu Freya und fragt: „Was wünscht Du dir denn jetzt?"

Sie guck ihn an. „Eine Massage von Dir!"

Ole ist mindestens so überrascht wie ich. Er sagt einen Augenblick nichts, dann lächelt er. „Von mir? Aber gerne doch!"

Freya nimmt noch einen großen Schluck Weißwein. „Ich habe gehört, dass Du das gut kannst und ich habe ja immer wieder sehr starke Rückenschmerzen."

„Ich glaube mich zu erinnern welche Wirbel Du meinst. Mal sehen, ob ich Dir da ein wenig helfen kann."

Ich blinzele und versuche meine Gedanken zu sortieren. Wenn Freya Ole in Beschlag nehmen möchte, bleiben Mika und ich hier übrig.

Ich gucke den Dänen an und sehe, dass er versucht sich ein lächeln zu verkneifen. Ich wette, er denkt gerade ähnlich wie ich.

Mein Gehirn fühlt sich ein wenig wattiert an, aber ich hebe unbewusst den rechten

Zeigefinger und ziehe damit die gesamte Aufmerksamkeit am Tisch auf mich.

„Freya, nur so eine Frage: Hast Du etwas dagegen, wenn ich mir in dieser Zeit Deinen Mann ausliehe?"

Freya blinzelt. „Auch eine Massage?"

Ich lache kurz auf. „So etwas in der Art – Ja!"

Mika hebt sein Glas, trinkt aus und sieht mich an. „Ich würde Dir wirklich gerne eine Massage verpassen."

Freya lächelt flüchtig und sieht mich direkt an. „Für mich ist das völlig in Ordnung."

Ich bin begeistert. „Fein! Dann würde ich sagen, dass wir uns irgendwann wieder hier treffen."

Ole prostet mir zu, trinkt auch aus. „So machen wir das. Viel Spaß!"

„Merci! Euch auch." sage ich und stehe auf.

Mika greift meine Hand, zieht mich in eines der beiden Schlafzimmer und drückt die Tür hinter uns ins Schloss. Dann geht er zum Bett, setzt sich auf die Bettkannte und schon sitze ich rittlings auf seinen Schoß.

Ich habe kaum geatmet, seit wir losgelaufen sind und jetzt sitze ich fast nackt auf seinen Oberschenkeln. Der Mann sieht aus, als wäre genau das hier sein Plan gewesen.

„Endlich allein." flüstert er und umschlingt mich mit seinen langen Armen. Ich überlege, ob ich ihm antworten soll, entscheide mich aber dagegen. Ich streiche ihm lieber mit den Fingern durch die Haare und küsse ihn.

Das scheint ihm zu gefallen, denn er macht sofort mit, zieht mich noch enger an seinen Körper. Er schmeckt super und ich möchte gerade nirgendwo anders sein.

Ich wühle in seinen Haaren und kraule seinen Nacken, was ihn leise stöhnen lässt. Der Mann macht mich scharf und ich hoffe, dass ich ihn auch ein bisschen anmache.

Ich spüre wie er seine Finger unter den Saum meiner Bluse schiebt und über meinen Rücken streicht. Ich bekomme sofort eine Gänsehaut und zittere leicht, was er spürt. Der Mann weiß was er tut und ich ziehe ihn fester an mich. Er soll wissen, dass mir gefällt was er tut.

„Ich habe Dich vermisst!" flüstere ich.

„Ich Dich auch!" antwortete er. „Ich wollte Dich unbedingt wiedersehen."

„Oh… und ich dachte schon, Du wolltest nur mal wieder mit mir ins Bett gehen." sage ich verwundert.

Er guckt mich einen Moment an, dann müssen wir beide lachen.

"Ich zeige Dir gerne was ich mit Dir alles machen möchte." sagt er und umfasst meine Pobacken. Ich schnappe nach Luft.

„Du bist ganz schön frech ‚junger Mann'." kichere ich. „Das gefällt mir!"

Er beginnt mir langsam jeden einzelnen Knopf an der Bluse zu öffnen. Für jeden bekomme ich einen Kuss und ich wünsche mir fast, dass er damit nie fertig wird.

Viel zu schnell öffnet sich der letzte Knopf und der Stoff rutscht mir über die Schultern. Ich lasse für einen Moment seine weichen, blonden Haare in Ruhe und werfe die Bluse irgendwo neben das Bett. Ich will seine Hände auf meiner Haut spüren und keinen Stoff.

„Ich habe nur ein Gummi dabei, kommen wir damit erstmal aus?"

Ich gucke an dem fast nackte Mann herunter. „Wo hast Du denn bitte ein Kondom versteckt?"

„Im Bund der Shorts gibt es eine kleine Tasche, aber da passt nur eines rein."

Ich lache „Du brauchst Deine Kondome nicht, wir haben extra welche für Dich mitgebracht."

Er guckt irritiert: „Ihr habt Kondome für mich gekauft?"

Ich steige von seinen Oberschenkeln, beuge mich seitlich zu einem der beiden Nachtschränkchen und hole eine schwarzgrüne Packung aus der obersten Schublade. Ich halte sie ihm hin.

„Ole denkt, diese hier müssten Dir besser passen."

Mika lacht kurz. „Ihr seid unfassbar, beide!"

Ich werde ein bisschen verlegen: „Mika, Du hast gesagt, dass deine Marke die Besten sind, die Du hier auf der Insel bekommen kannst. Aber sind wir ehrlich, die sind für Standard-Größen und Du bist schon etwas ungewöhnlich geformt. Ein bisschen mehr Platz vorne ist bestimmt angenehmer für Dich."

Mika steht auf und lächelt auf mich runter. „Dann lass uns doch mal ausprobieren, ob mir Eure Kondome besser passen!"

Ich lächele zurück, streiche ihm mit den Fingern seitlich über einen Oberschenkel nach oben bis seine Haut zittert. So hatte ich mir das vorgestellt! „Dafür müsstest Du aber deine Hose ausziehen."

„Ich bin für: Ausziehen lassen!"

„Aha!"

Ich greife in den Bund seiner Boxershorts und fahre mit den Zeigefingern unter dem Rand entlang. Ich spüre, dass ihm warm wird und sein Körper jede Menge Adrenalin ausstrahlt. An der kleinen Tasche im Bund komme ich mit meinen Fingerspitzen auch vorbei. Seine Augen glänzen und er genießt sichtlich jeden Augenblick.

Ich halte den Blickkontakt und schiebe seine Hose langsam nach unten. Er soll ruhig ein bisschen in meinem Gesicht lesen können, wie viel Spaß mir das hier gerade selber macht. Ich bin mir sicher, er kann das jetzt gerade erkennen.

Ich schiebe die Hose nur bis über seine Knie runter. Für mehr müsste ich mich bücken und das möchte ich gerade nicht. Dann streiche ich mit meinen Fingerspitzen erst durch seine kurzen Härchen, dann über seine weiche Haut. Er atmet deutlich ein und blinzelt. Ich weiß, dass ich jetzt sehr vorsichtig sein muss, wenn das hier nicht schon in ein paar Sekunden vorbei sein soll. Aber wie soll ich das verdammte Kondom drüber bekommen, ohne ihn anzufassen oder weiter zu stimulieren? Ich habe mal gelesen, dass man ein Kondom mit dem Mund aufziehen kann, aber das ist bei meinen großen, scharfkantigen Zähnen gefährlich und ich habe sowas auch noch nie ausprobiert.

Das kann nur schief gehen!

Das Verpackungs-Briefchen so eines kleinen ‚Gummies' krieg ich aber problemlos mit den Zähnen auf, ohne es zu beschädigen. Der Rest ist dann klassisch: Ansetzen, den Schaft festhalten und vorsichtig abrollen. Das geht leichter als gedacht, diese Größe scheint wirklich einfacher in der Handhabung. Er guckt einmal nach unter und sieht, dass es korrekt sitzt.

Mika wirkt überrascht. „Unglaublich, ich spüre es kaum, weil es vorne viel weiter ist."

„Das hatten wir gehofft. Ich gebe dir gerne die Artikelnummer und sage Dir wo sie bestellt werden können."

Er sieht mich an, atmet jetzt deutlich intensiver als noch vor einer Minute. „Du bist so was von fällig!"

Ich ziehe kurz eine Augenbraue hoch und grinse zu ihm hoch. „Na, das will ich doch hoffen!"

Er zieht mich an sich und wir küssen uns wieder. Das könnte ich wirklich stundenlang machen. Er ist so aufregend, lieb und er schmeckt nach mehr…

Mika löst er sich von mir, dreht sich um und zieht mich mit sich auf das breite Doppelbett. Jetzt hat er es eilig. Dieser Mann ist wie der Angriff eines Raubtiers: Alles passiert gleichzeitig. Seine Zunge füllt meinen Mund aus, sein Körper drückt mich aufs Bett und wie seine Hüfte schon zwischen meine Beine gekommen ist, kann ich gar nicht sagen. Aber er ist da und er ist einsatzbereit.

Einen Moment unterbricht er sein Tun noch und guckt mich an. „Emma, das kann jetzt sehr schnell gehen…"

Ich lache, schlinge ein Bein um seine Taille und wiege meine Hüfte ein bisschen. „Dann zeig doch mal, was du kannst!"

Von den nächsten paar Minuten bekomme ich kaum etwas mit, denn er lässt mein Gehirn aussetzten. Ich spüre seine Kraft und Geschwindigkeit. Unfassbar, welche Gefühle dieser Mann mir gleichzeitig über die Haut und durch den Körper jagen kann. Ich mag seine Wärme, sein Gewicht, sein Atem auf meiner Haut und ich mag es zu fühlen, wie seine Erregung und sein Tempo sich immer weiter steigert und mein Körper dabei mitzieht.

Wir wollen jetzt keinen langsamen Einstieg, stundenlange Experimente oder nur kuscheln. Wir haben Nachholbedarf…

Beide!

Und das muss jetzt zuerst einmal befriedigt werden.

Dafür ist Mika genau der richtige Mann! Hier und jetzt… bis er irgendwann nach Luft schnappt und ich für ein paar wundervolle Momente selber die Kontrolle über meinen Körper verliere.

Sein Atem wird etwas langsamer und ich spüre seine Lippen in meinem Haar als er flüstert: „Du fühlst Dich unglaublich an!"

Ich kichere. „Wirklich? Was ist denn an mir so besonders?"

Er guckt mir in die Augen und unsere Nasenspitzen berühre sich kurz. „Du hast nie Kinder bekommen Emma. Das macht schon einen gewaltigen Unterschied."

„Ist das dein Ernst?" Ich blinzele. „Ich dachte das bildet sich alles wieder zurück."

„Ja das tut es, aber es fühlt sich trotzdem weicher und elastischer an. Du bist so überraschend eng und muskulär so stark, dass ich das Gefühl habe in Dir platzen zu müssen. Das ist der absolute Wahnsinn."

„Darum warst Du bei unserem ersten Treffen auch so überrascht."

„Ja, da habe ich echt gedacht Du zerquetscht mich. Darum habe ich dann auch völlig die Kontrolle verloren."

Ich streiche ihm durch die Haare und über seine Wange. „Du armer Mann!"

Er grinst. „Keine Angst, so langsam gewöhne ich mich an Dich und weiß, was ich wann zu tun habe."

„Du bist so wunderschön und du machst mich so glücklich. Ich kann nicht verstehen, warum du dich ausgerechnet mit mir einlässt. Es gibt doch so viele hübschere Frauen."

Er lacht. „Du bist... der Hammer! Klein, weich, kuschelig und genau meine Größe.

Ich mag Dich, deine Haare, deine super weichen Brüste und deine Haut! Ich mag, dass Du mich toll findest, denn das sehe ich Dir an. Ich mag, dass Du dir überlegst was ich gerne essen mag oder welche Kondome mir besser passen könnten. Du bist einfach unglaublich… und ich bin sehr froh, dass Du jetzt gerade hier bei mir bist."

Er küsst mich flüchtig auf die Nasenspitze. "Trotzdem muss ich jetzt dieses Kondom loswerden."

Er küsst mich nochmal und entledigt sich kurz des Zubehörs und endlich auch seiner Boxershorts, die noch immer irgendwo an einem Bein hängt. Dann kommt er wieder ins Bett und legt seine Arme um mich. Mein Gott, wir hatten es wohl wirklich eilig!

Ich kuschele mich ein paar Minuten in Mikas Arme und versuche nicht einzuschlafen. Meine Augen schließen sich für einen Moment und ich möchte gerade an keinem anderen Platz auf der Welt sein.

Ich denke einen Moment nach bevor ich flüstere: „Glaubst Du Freya und Ole verstehen sich gerade auch gut?"

Mika bewegt sich hinter mir und murmelt: „Ich denke da müssen wir uns keine Sorgen machen."

„Warum nicht?"

Er stricht mir mit der linken Hand über den Arm und knetet sanft meine Schulter. „Freya weiß genau was sie möchte und was nicht. Würde es da Probleme geben hätten wir das längst mitbekommen."

„Ole wird garantiert nichts tun, was sie nicht möchte!"

„Das denke ich auch. Immerhin kann ich ihn ja auch ein bisschen einschätzen und er ist weder ein Waschlappen, noch ein Typ der Gewalttätig wird. Mit dem Rest wird meine Frau schon fertig, sonst wäre sie schon längst hier gewesen."

Ich taste nach seiner Hand und unsere Finger verschränken sich ineinander. Er küsst mich auf den Hinterkopf und rückt noch ein bisschen näher an mich an.

„Mika darf ich Dich was fragen?"

„Alles! Was möchtest Du wissen?"

„Macht ihr sowas hier eigentlich öfter?"

„Was genau? Sex haben oder Ludo spielen?"

Ich muss lachen. „Unmöglicher Kerl! Du weißt was ich meine: Euch mit anderen Paaren treffen und Sex haben."

Er streicht mit dem Daumen über unsere Finger. „Ich habe Dir schon im Sommer erzählt, dass wir uns gelegentlich mit einem Paar in Schweden treffen."

„Ja das sagtest Du. Aber ich meine trefft ihr Euch häufiger mit Paaren oder Urlaubsbekanntschaften?"

Mika lacht leise. „Du möchtest wissen, ob wir sexuell eine Strichliste führen, weil wir sonst die Übersicht verlieren?"

„So was in der Art."

„Nein das tun wir nicht! Es gibt ein nett Paar in Schweden, aber das ist nicht so wie ihr. Wir wandern tagelang zusammen und dann ergibt sich gelegentlich halt auch was, aber das ist nicht das Wesentliche."

„Wandern ist so gar nicht mein Ding." sage ich leise. „Ich habe da einfach keinen Spaß dran und es fällt mir echt schwer."

Er kichert. „Solange wir es zusammen bis ins Bett schaffen, ist doch alles gut, oder?"

Dafür kassiert er einen kleinen Hieb mit meiner freien Hand. „Unverschämter Kerl!" Dann muss ich selber kichern. „Mika, was machen wir hier eigentlich?"

Er richtet sich auf, guckt mich an. „Wir haben Spaß Emma. Und wir genießen eine kleine Auszeit von unserem Alltag."

Ich drehe mich zu ihm, berühre sein Gesicht mit meinen Fingern. „Du bist ein wundervoller Mensch."

Unsere Nasen berühren sich. „Und Du bist nicht der Typ Frau, der leichtfertig fremd geht. Was ist los bei Euch? Vermisst Du etwas? Warum gehst Du mit mir ins Bett, obwohl Du gerade darüber nachdenkst ob es Deinem Mann gut geht?"

„Erwischt!" sage ich leise. Dieser Mann ist nicht nur charmant und sexy, er ist vor allem Aufmerksam und sensibel. Jetzt wartet er auf meine Antwort.

„Ole und ich passen perfekt zueinander, aber das was man als ‚normalem Sex' bezeichnet war schon immer nicht ganz einfach bei uns. Wir haben für uns ein ‚gute Lösung' gefunden und sind glücklich damit, aber ich habe es doch irgendwann vermisst von einem Mann mal wieder ‚von links auf rechts gebügelt zu werden' wie man so sagt."

Er zieht die Augenbrauen hoch. „Bedeutet das, ich bin nur ein 'Betthase' für Dich?"

Ich lache. „Nein natürlich nicht. Aber das ist der Grund warum ich einer Online-Suche nach einem anderen Paar oder einen Mann überhaupt zugestimmt habe und mit Ole in diverse Clubs gegangen bin. Ich hatte nicht damit gerechnet überhaupt jemals eine passende Person oder ein Paar zu finden. An jemanden wie Dich habe ich schon gar nicht geglaubt!"

Er streicht mir eine Haarsträhne aus dem Gesicht. „Sagtest Du nicht ihr hättet ein Paar oder einen netten Mann in Eurer nähe kennen gelernt.

„Ja, das hatten wir auch, aber der Kontakt ist letztes Jahr abgerissen, weil seine Frau das nicht mehr wollte. Das respektieren wir natürlich."

Mika lächelt. „Und dann hast Du einen blonden Dänen kennen gelernt, der bei deinem Anblick kaum noch die Finger bei sich behalten kann. Was ein Pech für Dich!"

„Ich mag Dich Mika!" sage ich ehrlich.

„Ich Dich auch!"

Wir lächeln beide und küssen uns. „Wie heißt er?"

Ich gucke Mika an. „Warum möchtest Du das wissen?"

„Ich bin neugierig."

„Es heißt Andrea und sein Vater ist Italiener."

„Aha, Du magst es also international!"

Ich kichere und stupse ihn an. „Ja, genau!"

Mika nimmt mich fester in die Arme. „Ist er mir ähnlich?"

Ich gucke ihn an. „Nein, er ist eher das Gegenteil von Dir."

Mika runzelt die Stirn und ich fahre fort. „Andrea ist etwas älter, über 1,90m und viel

schlanker. Außerdem ist er ein südländi-
scher Typ."

Ich streiche Mika mit einer Hand über das
Gesicht. „Ihr seid Euch wirklich gar nicht
ähnlich. Du bist wie die Sonne, er wie die
Nacht. Du bist die pure Versuchung,
Andrea hingegen ist extrem zurückhaltend,
aber auch sehr Provokant."

„Vermisst Du ihn?"

„Ja, manchmal. Er wurde ein guter Freund
für mich und er fand mich lustig. Ich konnte
ihn immer anschreiben, wenn ich was auf
dem Herzen hatte oder mal mit einem
anderen Mann sprechen musste."

Mika stricht mir eine Strähne aus dem
Gesicht. „Jetzt kannst Du mich anschreiben."

Ich lächele, weil ich wusste, dass er sowas
in der Art sagen würde. „Mika, ich möchte
nicht mit dir schreiben. Ich möchte lieber
mit Dir ins Bett gehen." Er lacht.

Wir kuscheln ein bisschen und ich hoffe,
dass er noch eine Weile bei mir bleiben
kann. Ich fühle mich jetzt gerade so leben-
dig und gut, gar nicht alt oder gestresst.

50 ist das neue 30 schießt es mir durch den Kopf. Wie habe ich mich nochmal mit 30 gefühlt? Ich weiß es nicht mehr, aber so gut wie jetzt gerade war es sicherlich nicht, daran würde ich mich sonst bestimmt erinnern.

Mika reibt sich ein bisschen an mir und ich habe das Gefühl, er möchte den Abend hier noch ein bisschen ausnutzen. Damit liege ich richtig.

„Möchtest Du gerne noch ein bisschen deine Defizite minimieren Emma?"

Ich muss grinsen. „Das fragst Du mich nicht wirklich, oder?"

Er beißt sanft in meine Ohrmuschel. „Oh doch. Und ich habe mir auch etwas sehr Schönes für Dich ausgedacht."

„Was denn?"

Er erhebt sich ein Stück, so dass ich mehr Bewegungsfreiheit bekomme. „Dreh Dich um!"

Ich drehe mich und spüre wie er meine Hüfte hochzieht, so dass ich auf allen Vieren vor ihm knie. „Ich meine mich zu erinnern, dass Dir ‚Doggy-Style' auch ganz gut gefallen hat." flüstert er in meinem Nacken.

„Das werden wir jetzt mal intensivieren. Und zwar bis zum Schluss!"

„Mika ich kann in der Position nicht kommen. Ich halte das nicht lange genug aus. Tut mir wirklich leid."

„Abwarten, Emma. Abwarten!" sagt er und leckt mir über den Rücken.

Ich schnappe nach Luft und zucke deutlich zusammen. Ich kann ihn hinter mir lachen hören und spüre, dass er auf das Nachtschränkchen greift. Unfassbar wo er mit seinen langen Armen überall hin kommt.

Dieses Kondom zieht er sich eben selber an. Er reibt sich noch ein bisschen an mir, dann macht er ernst. Mika beweget sich langsam, ich denke er möchte, dass ich mich entspanne und jeden Augenblick genieße.

Ich spüre die Gänsehaut auf meinem Rücken und seine Hände auf meiner Haut. Das fühlt sich wundervoll an.

Mika gibt mir mit der Hüfte einen heftigeren Schubs und ich schnappe nach Luft. Böser Mann!

„Ich liebe diesen Anblick!" sagt er und ich kann mir vorstellen, wie seine Augen glänzen und er lächelt.

„Schleimer!" erwidere ich nur. Für mehr fehlt mir der Atem.

Er beugt sich über meinen Rücken und flüstert mir in ein Ohr. „Im Ernst Emma, es macht mich total scharf zu sehen, wie dein Hintern wackelt, wenn ich Dich anschiebe. Das macht mich völlig verrückt."

Ich lache und er richtet sich wieder auf. Dann stellt er einen Fuß auf die Matratze und ändert so ein wenig den Winkel. Das fühlt sich irre an und ich versuche im Reflex nach vorne auszuweichen. Damit hat der Däne aber gerechnet, denn er packt meinen Nacken und hält mich in Position. „Hiergeblieben Emma. Bitte!"

Er macht jetzt erstmal langsamer und ich beruhige mich ein wenig. Seine Bewegungen sind angenehm und ich entspanne mich weiter. So kann er gerne noch eine

Weile machen. Das fühlt sich richtig, richtig gut an.

Ich werde mutiger und schubse mit dem Hintern auch ein bisschen zurück. Mika keucht, lacht und antwortet entsprechend. Das gefällt uns beiden.

Mein Atem verändert sich hörbar und meine Gedanken verschwimmen. Mika packt meine Hüfte und ändert seinen Rhythmus. Er wird schneller, aber nicht fester. Schneller fühlt sich gut an.

Ich drücke mein Gesicht in die Matratze und flüstere „Oh mein Gott!"

Für Mika ist das Motivation pur, ihn hält jetzt nichts mehr auf. Er bleibt dran und ich frage mich, wie lange ein Mann das durchhalten kann. Ich weiß, dass seine Zündschnur, im Gegensatz zu seinen körperlichen Maßen, ganz schön kurz sein kann.

Mein Rücken fängt an zu zittern und meine Finger krallen sich in das Bettlaken. Mika klatscht mir gleichzeitig einmal auf beide Pobacken, das Ganze macht ihm offen-sichtlich Spaß. Meine Kehrseite wird warm.

Meine Gefühle brennen und die Situation spitzt sich zu. Ich werde unruhig und mein Körper beginnt unkontrolliert zu handeln.

Ich greife an seinen Oberschenkel, versuche ihn nach hinten weg zu schieben. Mika packt mein Handgelenk und dreht vorsichtig meinen Arm so, dass er meinen Unterarm auf meinem Rücken festhalten kann. Mit der anderen Hand drückt er meinen Oberkörper zwischen den Schulterblättern nach unten. Jetzt bin ich handlungsunfähig. Ich komme nicht mehr hoch und mit den Beinen kann ich auch nichts machen.

Ich fühle mich ausgeliefert und unsicher. „Mika… Gelb!" jammere ich.

Er nimmt sofort Tempo weg, minimiert den Druck. Gelb ist eines unserer ‚Safewords' und er hatte mir versprochen, dass ich es nie benötigen würde.

‚Rot' würde den sofortigen Abbruch bedeuten, ‚Gelb' signalisiert ihm, dass mir die Situation gerade zu viel ist.

Er beugt sich über mich, küsst meinen Rücken und flüstert in mein Ohr. „Brich das jetzt nicht ab Emma. Bitte vertrau mir. Bitte! Ich mach das hier für Dich."

Ich versuche ruhiger zu atmen und meinen zitternden Arm zu entspannen. Es dauert ein paar Momente, aber es gelingt mir die Panik zu unterdrücken. Wenn ich ihm nicht vertrauen würde, wäre ich nicht hier.

„OK, aber bitte sei vorsichtig."

Er lässt meinen Arm los, streicht mir mit beiden Händen über den Rücken „Mache ich!"

Er hält mich jetzt mit beiden Händen an der Hüfte fest und nimmt wieder einen gleichmäßigen Rhythmus auf, während ich mich mit beiden Unterarmen abstützen kann.

Mein Körper ist schnell wieder bei ihm. Die Spannung steigt weder, aber die Panik bleibt dieses Mal aus. Mika und ich geben ein bisschen Gas und genießen unsere Empfindungen.

Mika beugt sich wieder nach vorne, schiebt seine Rechte nach unten und streichelt mich mit den Fingerspitzen noch zusätzlich zwischen meinen Beinen.

Jetzt setzt mein Gehirn endgültig aus. Ich schnappe nach Luft und versuche seinen Arm wegzudrücken... erfolglos.

Ich wimmere und hampele herum, aber weg von ihm komme ich nicht. Er bleibt ruhig und konzentriert, will sich nicht von seinem Plan abbringen lassen. Ich bin nicht schwach, aber Mika wiegt nicht so viel weniger als ich, ist kräftig und praktisch einen Kopf größer. Körperlich ist er mir weit überlegen und diesen Vorteil spielt er jetzt voll aus.

„Entspann Dich Emma!" wispert er. Ich stelle die Gegenwehr ein und spüre wie mein Hinterkopf anfängt zu brennen. Ich japse nach Luft, spüre wie mein Körper wieder anfängt unkontrolliert zu zittern. Er lässt nicht nach.

Ich spüre, dass Mika immer intensiver atmet. Er nähert sich dem Ende. Ich fühle mich wie auf einer Achterbahn. Ich habe keinen Einfluss mehr auf das Geschehen, bin kurz vor der Ohnmacht.

Mika gibt jetzt Vollgas. Er hält seine Finger still, aber das bekomm ich kaum mit, weil seine Hüfte uns beide in Bewegung hält.

Ich stemme eine Handfläche gegen das Bettgestell, um mich Mika entgegen zu drücken. Dieses Finale soll er so schnell nicht vergessen.

Ich spüre wie er kommt… oder bin ich das? Wir beide?

Mein Gehirn setzt aus, ich hampele herum, beginne „Oh mein Gott!" in die Matratze zu schreien und mit den Beinen zu strampeln. Dann kann ich mich nicht mehr bewegen und breche kraftlos auf dem Bett zusammen.

♥

Mika fällt nicht auf mich, sondern stütz sich seitlich von mir mit den Händen ab und keucht nach Luft. Er streicht meine Haare vom Rücken, küsst mich zwischen den Schulterblättern und schiebt sich dann noch ein bisschen höher. Er küsst meinen Nacken und flüstert.

„Alles ist gut Emma!"

Ich blinzele, kann mich noch nicht wieder richtig bewegen. Spüre aber, dass meine Biene und Hände immer noch leicht zittern.

Er richtet sich kurz auf, wird vermutlich das Kondom los. Dann legt er sich neben mich und kreuzt ein angewinkeltes Bein über meine. Er streichelt meinen Rücken, kuschelt sich an mich. Er ist warm und schwitzt.

„Ich kann mich nicht mehr bewegen." flüstere ich.

Mika kichert. „Das geht vorbei. Falls nicht reanimiere ich Dich. Versprochen!"

Jetzt muss ich auch kichern. „Was hast Du getan?"

„Ich habe ein bisschen gebügelt!"

Wir lachen beide, ich kann eine Hand wieder bewegen und verpasse ihm einen kleinen Klaps auf den Arm.

Dann bewegen wir uns erstmal nicht mehr. Wir entspannen uns und liegen einfach nur eng umschlungen auf dem Bett.

Ich fühle mich zeitlos, atme und kann nicht richtig denken. Ich habe das Gefühl, mein Körper und Geist erleben gerade eine Art ‚Reset' und alle Funktionen und Emotionen

werden gerade einmal runter und anschließend wieder hochgefahren.

Ich muss lachen. ‚Dieser Vorgang kann
einige Minuten dauern!' ist der erste klare
Gedanke der mir durch den Kopf schießt.

Mika bewegt sich. „Wir sollten mal nach
unseren Ehepartnern gucken."

Ich nicke. „Da hast Du wohl recht."

Wir rappeln uns auf. Mika muss mich kurz
stützen, als ich schwanke und fast wieder
auf das Bett sinke.

„Danke!" sage ich und halte mich an ihm
fest. Er legt seinen Arm um mich, bis ich
endlich sicher stehe.

„Emma, Emma, Du bist nichts Gutes
gewohnt."

Er küsst mich auf die Stirn und ich streiche
ihm mit einer Hand über seine Haut.

„Du bist ein lieber Mensch Mika."

Er schmunzelt. „Ich hatte gehofft, dass Du
mich vor allem scharf und sexy findest."

Ich kichere und löse mich von ihm: „Ich finde Dich vor allem schrecklich und jetzt muss ich mir etwas anziehen!"

Mika steigt in seine Boxershorts, greift neben das Bett, dreht sich um und hält mir meine Bluse hin.

Ich bin aber schon am Kleiderschrank und ziehe mir gerade ein weites fließendes Kleid über den Kopf.

Er schüttelt den Kopf „Die Frau ist schon wieder fertig… war ja klar!"

Ich lächele möglichst bezaubernd zu ihm hoch und weiß, dass er auf eine ganz ähnliche Situation bei unserem ersten Treffen anspielt. Anziehtechnisch bin ich einfach unschlagbar fix.

„Ich fürchte den Rest Deiner Klamotten müssen wir im Wohnzimmer suchen." sage ich und öffne die Schlafzimmertür.

Wir gehen zum Esstisch und suchen nach und nach unsere Kleidungsstücke zusammen. Meine lege ich als kleinen Haufen neben die Couch, seine eigenen zieht er wieder an.

„Möchtest Du noch etwas essen oder trinken?" frage ich und gehe zum Kühlschrak.

„Da wir ja als erstens wieder hier sind, würde ich gerne noch ein Bier nehmen."

Ich nehme ein Bier für ihn und etwas Saft für mich raus. Wir setzten uns an den Tisch und stoßen leise mit den Getränken an, bevor wir trinken.

„Kann ich noch etwas für dich tun?"

Mika guckt mich an und seine Mundwinkel zucken, dann küsst er mich sanft. „Du hast genug getan Emma."

Meine Finger streichen über seine Wange. „Das war ein wirklich schöner Abend."

„Ja, das war er."

Wir hören wie ein Türgriff gedrückt wird, dann sehen wir Freya leise aus dem anderen Schlafzimmer kommen. Sie ist vollständig bekleidet und schließt vorsichtig die Tür hinter sich, bevor sie erst ihren Mann küsst und sich dann zu uns an den Tisch setzt.

„Möchtest Du auch noch etwas trinken?"

Sie sieht mich an „Gerne. Aber keinen Wein mehr bitte. Lieber ein Wasser ohne Eis."

„Eine Limettenscheibe?" frage ich.

„Gerne".

Ich stelle das gefüllte Glas auf den Tisch und wir trinken alle etwas.

Ich gucke Freya an. „Darf ich fragen, wo mein Mann ist?"

Sie lächelt. „Er schläft. Tut mir leid, aber er ist völlig weggetreten, da wollte ich ihn nicht wachrütteln."

„Wenn er einmal schläft, dann lasse ich ihn auch besser schlafen." Ich schmunzele. „Konnte er Dir bei Deinen Rückenschmerzen helfen?"

Mika verschluckt sich fast an dem Rest seines Biers. Freya guckt mich über den Rand ihres Glases hinweg an. Sie wirkt ernst und ruhig, als sie antwortete: „Ja, das hat er. Ich bin sogar getaped."

Mika zieht eine Braue hoch und guckt seine Frau an. „Schön für Dich!"

Freya sieht wieder mich an. „Mal ganz ehrlich Emma… Was dein Mann mit seinen Händen anstellen kann, ist wirklich unglaublich."

Mika schmunzelt, ich nippe an meinem Saft. „Ich weiß! Und ich bin mir sicher, er hat nichts getan, was Du nicht wolltest."

Sie lächelt zurück. „Stimmt!"

„Fein!" sage ich. Mika verfolgt unser kurzes Gespräch wortlos, guckt nur interessiert zwischen uns hin und her.

„Ich hoffe Mika konnte Dir auch weiterhelfen."

Ich lächele. „Mika ist ein ganz besonderer Mensch. Ich möchte keinen Augenblick mit ihm missen."

Dann ergänze ich: "Frage: Möchtet ihr hier übernachten oder geht Ihr nach Hause?"

Mika und Freya wechseln einen Blick. Mika antwortet mir. „Ich denke, wir gehen jetzt gleich nach Hause."

Ich gucke ihn an. „Das dachte ich mir, alternativ hätte es morgen früh Frühstück zu viert gegeben."

„Das ist lieb gemeint." sagt Freya. „Aber morgen müssen wir beide wieder früh arbeiten gehen."

„Das wissen wir. Können wir irgendwann noch zusammen Minigolf spielen?"

„Vielleicht klappt das nächstes Wochen-ende." sagt Freya und trinkt Ihr Glas aus. „Wir sagen Euch Bescheid."

Kurz darauf verabschieden sich die beiden und ich begleite sie noch zu Tür. Ich umarme Freya, Mika küsst mich kurz und zieht mich an sich.

Dann sind sie weg.

Ich stelle die Gläser in die Spülmaschine und schleiche mich zu Ole ins Bett. Ich decke Ole zu und kuschele mich lächelnd in mein eigenes Kissen.

Was für ein schöner Abend!

Montag, 09. Oktober – Lange geschlafen

„Guten Morgen." sage ich, als Ole sich im Bett zu mir umdreht und gähnt.

„Morgen." Er blinzelt und streckt sich. „Oh Mann, ich bin eingeschlafen."

Ich streiche ihm mit der Hand über die Brust. „Das habe ich schon gehört."

Ole blinzelt nochmal und starrt mich an. „Was hast Du gehört?"

Ich grinse. „Alles!"

„Wie bitte?"

„Keine Panik, ich glaube Freya war absolut zufrieden mit dem Verlauf des letzten Abends. Sie hat zumindest sehr entspannt gewirkt und Dich wohl absichtlich nicht geweckt."

„Oh Mann!"

„Ich möchte ja nicht indiskret sein, aber wie bitte ist es dazu gekommen, dass Du eingeschlafen bist?"

Ole schließt die Augen und deckt die Augen zusätzlich mit einer Hand ab.

„Ich habe Freya den Rücken massiert. Mit den Wirbeln, die ihr weh tun, habe ich ja auch Probleme. Da weiß ich genau, wo ich hinlangen muss. Anschließend habe ich sie getaped, in eine warme Decke gepackt und wir haben noch ein bisschen gequatscht und uns entspannt. Dabei muss ich dann irgendwann eingeschlafen sein.".

Ich grinse. „Ihr habt noch ein wenig gequatscht?"

Ole guckt mich an. „Ja, wir haben uns nur unterhalten und ich habe es gestern Abend mal nicht übertrieben."

„Damit hast Du wahrscheinlich klug gehandelt und sie ziemlich überrascht."

Ole nickt. „Da hast Du wohl recht. Sie wirkte zwischendurch schon verkrampft. Als ob sie jeden Moment mit einer unsittlichen Berührung gerechnet hat."

Ich schmunzele. „Wahrscheinlich hätte so ziemlich jeder Mann versucht, die Situation auszunutzen, nur mein Mann nicht!"

Ole schüttelt den Kopf. „Ich hatte nicht das Gefühl, dass sie mehr wollte. Dann fasse ich die Frau auch nicht an."

„Du bist ein guter Mensch! Ich vermute, dass Du sie damit gestern ziemlich überrascht hast."

„Die Massage hat ihr jedenfalls sichtlich gefallen. Mit den zusätzlichen Tapes hatte sie gar nicht gerechnet, ich hoffe sie helfen Ihr ein paar Tage."

„Also mir helfen die Tapes immer."

„Schön, dann hoffen wir mal, dass das bei Freya auch wirkt."

„Vielleicht lässt sie sich in den nächsten Tagen ja nochmal tapen."

Ole lächelt. „Warten wir's mal ab."

„Ja wir warten und jetzt frühstücken wir erstmal."

Ich werfe mein Kopfkissen in Oles Richtung und stehe schnell auf, bevor er sich eine tätliche Antwort oder etwas anderes einfallen lässt.

Gegen 10:00 Uhr telefoniere ich mit meinem Papa, der heute Geburtstag hat. Wir wollten ihn eigentlich besuchen, aber er wollte keinen Besuch. Darum konnten wir ja dieses Jahr auch nochmal nach Bornholm fahren.

Heute ist unser erster Werktag auf der Insel. Das bedeutet, dass alle Geschäfte geöffnet haben. Die Touristen-Saison neigt sich dem Ende entgegen, darum werden jetzt bald einige Geschäfte für ein paar Monate schließen, oder nur noch eingeschränkt geöffnet haben. Diese Woche sollten uns aber noch alle Optionen offenstehen.

Ole möchte heute zu einem kleinen Fast-Food Restaurant, an dem es einmalige Burger mit Schweinebraten oder Pulled-Pork gibt. Im Mai war der Laden noch geschlossen. Jetzt hat er noch geöffnet. Damit steh er ganz oben auf unserer heutigen To-Do-Liste.

Den restlichen Tag werden wir improvisieren und einfach ein bisschen über die Insel fahren. Dann halten wir an, wo immer es uns gefällt.

Ich persönlich gucke ja immer gerne an den Ständen mit Marmelade, Obst und Geschirr, die überall an den Straßen stehen.

Schlussendlich landen heute zwei Marmeladen und ein weißes, kleines Porzellan-Schüsselchen bei uns im Wagen.

Letzteres habe ich in einem größeren Second-Hand Laden im Hafen von Nexo entdeckt.

Die Schweinefleisch-Burger schmecken beide köstlich und bilden unser Mittagessen. Danach gönnen wir uns in Gudjhem bei Chris & Mario jeder zwei Kugeln Eis. Das Eiscafe kennen wir schon vom Sommer, weil Freya und Mika es uns empfohlen haben. Wir waren im Sommer schon zwei Mal hier, aber wir haben noch lange nicht alle Sorten probiert.

Natürlich schicken wir auch wieder ein Beweisfoto, mit den Eisbechern, an unsere dänischen Freunde und unterschreiben mit ‚lækker is i gudhjem'. Das bedeutet: Ein leckeres Eis in Gudhjem. Soweit reichen meine Dänisch-Kenntnisse schon.

Freya antwortet mit 👍 Mika kurz darauf mit einem ♥. Wir lachen beim Blick auf unsere Displays, denn wir haben vorher schon gewettet, dass die beiden genauso reagieren werden.

Am Abend gibt es einen großen, bunten Salat mit etwas Hühnerbrust und Knoblauch-Baguette. Als Dessert gibt es Poffertjes mit Eierlikör und Puderzucker. Das ist zwar nicht besonders dänisch, aber lecker.

Wir ignorieren den Fernseher und greifen beide lieber noch eine Weile zu einem spannenden Buch.

Dienstag, 10. Oktober - Rø Plantage

Heute sind wir früh unterwegs.

Der Wecker hat um 7:00 Uhr geklingelt und um 8:30 Uhr waren wir schon im Wagen auf dem Weg nach ‚Ro Plantage'.

Dabei handelt es sich um ein Naturschutzgebiet das etwas süd-westlich von Gudhjem liegt. Ole kennt es aus seiner Kindheit und wir wollen heute hier ein bisschen Wandern.

Nicht meine Lieblingsbeschäftigung, aber Ole hat mir eine Überraschung versprochen, wenn ich ihn begleite. Also habe ich meine rutschfesten Sportschuhe mit Geleinlagen angezogen und ein kleines Vesper-Paket gepackt. Wir werden wahrscheinlich drei bis fünf Stunden unterwegs sein.

Schon der Parkplatz liegt landschaftlich traumhaft. Wir steigen aus und schnappen uns den kleinen Rucksack. Wir beschließen uns beim Tragen abzuwechseln. Unsere beiden Jacken klemmen wir unter die Klappe des Rucksacks, da wir sie jetzt nicht anziehen, sie aber unbedingt mit-nehmen möchten.

Hier sind heute genauso wenig Touristen oder Wanderer unterwegs, wie wir gehofft haten – fast gar keine!

In den ersten anderthalb Stunden begeg-nen uns drei ältere Freundinnen, ein älteres Paar und ein sportlicher Jogger. Nach Touristen sieht keiner von Ihnen aus. Die Saison neigt sich wirklich dem Ende entgegen. Das Wetter spielt auch mit, wir haben etwa 12-15 Grad und Sonne. Perfekt für uns, so dass die Jacken am Rucksack bleiben.

Wir finden einen Picknicktisch an einem Seeufer und beschließen eine Pause zu machen. Meine Füße und Hüfte freuen sich gleichermaßen. Aber ich will nicht jammern, die Lauferei klappt besser, als gedacht. Das mag auch an dem eher flachen Gelände liegen. Ich erinnere mich an eine Wanderung vor vier Jahren, wo mir im hügeligen Gelände ganz schön die Luft ausgegangen ist. Da half auch kein Spray mehr.

Diese Schmach bleibt mir heute erspart. Es ist jetzt 11:00 Uhr und damit der perfekte Zeitpunkt für ein zweites Frühstück. Ich packe Kakao und etwas Kleingebäck aus.

Wir setzten uns und machen ein etwa dreißig Minuten Pause. Nur wir Zwei mitten in der Natur. Nachdem wir etwas gegessen und getrunken haben, genießen wir noch ein paar Minuten die Aussicht und machen jede Menge toller Fotos. Da wir uns still verhalten, bekommen wir sogar ein Eichhörnchen zu sehen, das sich nah an uns herantraut.

Wir sind begeistert!

Irgendwann packen wir zusammen und gehen langsam weiter. Insgesamt sind wir etwa dreieinhalb Stunden unterwegs, bevor wir wieder im Auto sitzen.

„Und was bekomme ich jetzt?"

Ole guckt mich an. „Was meinst Du?"

Ich gucke ihn an. „Du hast mir eine Überraschung versprochen, wenn ich Dich begleite."

„Und jetzt möchtest Du wissen, was es ist. Richtig?"

Ich nicke. „Genau!"

Ole lacht. „Es wäre ja keine Überraschung, wenn ich es Dir vorher schon verrate."

Mir bleibt der Mund vor Überraschung offenstehen. „Das ist nicht fair."

Ole blinzelt. „Es soll eine Überraschung werden und das soll es auch bleiben!"

„Gemeiner Kerl!" Zische ich und verschränke demonstrativ die Arme über dem Sicherheitsgurt.

Ole lacht und fährt los. „Ich gebe Dir mal einen Hinweis: Es lohnt sich für Dich!"

„Na prima." Ich bin dezent verstimmt. Ich weiß, dass es toll wird, wenn Ole das sagt. Aber ich hätte jetzt schon gerne einen Hinweis auf meine Überraschung.

„Wo fahren wir jetzt hin?" frage ich.

„Zurück ins Ferienhaus."

„Aha... und dann?"

Ole guckt zu mir rüber. „Erstmal nimmst Du ein entspannendes Bad, dann ziehst Du dir ein hübsches Kleid an und dann lässt Du dich von mir überraschen."

Ich ziehe eine Schnute, bin aber versöhnlich. „Na gut! Ein Bad klingt fantastisch."

Ole lächelt und gibt Gas.

Zu Hause angekommen, lässt er mir Badewasser ein und gibt einen tollen Badezusatz dazu. Hier fehlt jetzt nur noch eine Duftkerze und ein paar Rosenblätter, dann wäre der Kitsch perfekt. Zum Glück verzichtet Ole auf beides.

Ich gehe in die Wanne und genieße das warme Wasser auf der Haut und in den Haaren. Nach der langen Wanderung tut mir das jetzt gerade richtig gut.

Ole kommt ins Bad und serviert mir eine einzelne Praline auf einem keinen Tellerchen. „Für Dich mein Schatz!"

Ich lache und streife mir den Schaum von der Hand, um nach der Schokolade greifen zu können.

„Vielen Dank!" lache ich und genieße den Nougat mit dem extra dunklen Überzug.

Ole grinst. „Das hier ist nur ein kleiner Vorgeschmack. Was immer Du auch machts, Du musst bitte um 17:00 Uhr fertig zur Abfahrt sein."

Ich nicke. „Das ist gut zu wissen. Vielen Dank!"

Ole verlässt das Badezimmer und ich genieße das Bad noch eine ganze Weile.

Später mache ich mich fertig und entscheide mich für ein schwarzes Abendkleid, mit viel Spitze und halbem Arm. Dazu dezenter Schmuck und dezentes Make-Up. Meine Haare fallen in großen Wellen über meinen Rücken und werden von einer glitzernden Spange am Hinterkopf zusammengehalten.

„Na nimmst Du mich so mit?" Ich drehe mich im Wohnbereich einmal um mich selber, um Ole einen Rundumblick zu verschaffen.

Er sieht zufrieden aus. „Auf jeden Fall!"

„Prima, verrätst Du mir jetzt, wo es hin geht?"

Er lacht. „Nein!"

„Dein Ernst?" Ich hatte jetzt schon mit einem eindeutigen Hinweis gerechnet.

„Lass Dich doch bitte überraschen!" Sagt Ole und hält mir die Tür auf. Ich schüttele den Kopf, verlasse das Haus und steige auf den Beifahrersitz meines französischen Kombi.

Wir fahren etwa 15 Minuten bis in die Innenstadt von Rönne.

Rönne… da klinget was in meinem Gehirn.

Neben dem Kvickly Supermarkt liegt ein sehr schickes Hotel mit integriertem thailändischem Restaurant, das ‚Thai Mark'.

Hier wollten wir im Urlaub auf jeden Fall mal zum Essen hin gehen. Das wäre jetzt wirklich etwas ganz Besonderes, allerdings auch nur eine halbe Überraschung

Ich lächle, was Ole natürlich nicht entgeht. „Was denkst Du?" möchte er wissen.

Ich lache und gucke ihn an. „Ich habe da so eine Idee."

„Welche?"

„Das ‚Mark Thai'?"

Ole verzieht sein Gesicht. „Das was ja klar! Wir sind uns einfach zu ähnlich."

Wir fahren auf den Parkplatz des Hotels und ich freue mich, dass meine Vermutung richtig war. Das wird jetzt wahrscheinlich richtig toll und vor allem lecker.

Wir betreten das Restaurant und werden zu einem kleinen, runden Tisch an einem Fenster geleitet.

Das Restaurant ist sehr elegant, trotzdem fühle ich mich einen winzigen Moment ‚overdressed'. Als ich die Blicke von einigen anderen Gästen bemerke, erkenne ich, dass ich das richtige Kleid angezogen habe. Mehr als ein Mann riskiert einen zweiten Blick auf mich und meine helle Löwenmähne.

Wir bestellen uns einen trockenen Weißwein und bekommen eine Speisekarte in englischer Sprache und mit zusätzlichen Abbildungen der verschiedenen Speisen.

Wir nehmen als Vorspeise bunte Sommerrollen und verschiedene Dumplings mit verschieden Saucen, die in einer Etagere angerichtet sind. Danach nehme ich ein richtig süß-scharfes Hühnchen und Ole knusprige Ente. Zum Abschluss gönnen wir uns gebackene Bananen und Kokos-Pudding. Es schmeckt köstlich!

Das Restaurant ist fantastisch, das Essen einmalig und das Ambiente atemberaubend. Der Abend ist wundervoll. Ole hat mir nicht zu viel versprochen. Die Wanderung hat sich gelohnt!

Um kurz vor acht sind wir fertig. Ole erklärt, dass er den Tisch nur ab oder bis 20:00 Uhr reservieren konnte. Da ich ja gerne etwas früher zu Abend esse, hat er diesen Tisch für 17:30 reserviert. Ich bin mit allem einverstanden und biete ihm an, uns zurück zu fahren. Ich habe nur 1 Glas Wein getrunken, während Ole auch noch ein großes Bier hatte.

Draußen gebe ich ihm einen langen Kuss. „Das war ein wunderschöner Abend."

Er lächelt. „Ich hatte gehofft, dass Dir das Restaurant gefallen würde."

„Ich liebe thailändisches Essen und dieses Restaurant ist der absolute Wahnsinn."

„Schön! Schade ist nur, dass es so weit weg von und zu Hause liegt.

Ich nicke. „Stimmt! Ein spontaner Besuch wird für uns eher schwierig werden."

„Also werden wir es jedes Mal einplanen, wenn wir auf Bornholm sind."

„Ja, bitte! Hier möchte ich unbedingt wieder hin."

Wir steigen in den Wagen.

„Emma…"

Ich gucke meinen Mann an. „Ja?"

Er legt seine Hand auf mein rechtes Knie. „Der Abend ist noch lange nicht vorbei."

Ich ziehe die Augenbrauen hoch. „Aha… Da kommt also noch etwas?"

„Das könnte schon sein."

Ich lache und gebe Gas. „Das klingt als wenn Du deinen ehelichen Pflichten nachkommen möchtest."

Ole lacht. „Du glaubst Doch wohl nicht, dass ich Dich komplett diesem hübschen Dänen überlasse. Immerhin bist Du meine Frau und Du bist mit mir hier Urlaub."

„Oha, das klingt ja fast ein bisschen eifersüchtig."

Ole guckt mich an. „Du siehst heute Abend absolut umwerfend aus. Da kommt man schon mal auf andere Gedanken."

„Ich sehe umwerfen aus?"

Ole krault mir den Nacken, während ich zügig die Westküste entlangfahre.

„E ist Dir vielleicht nicht aufgefallen, aber mindestens fünf der anwesenden männlichen Gäste hätten den Abend lieber mir Dir, statt mit ihrer eigenen Begleitung, verbracht."

Ich lache. „Was? Nur fünf? Ich habe mindestens sieben Männer gesehen, die sich gefragt haben wie alt ich bin und wer Du bist."

„Ich bin der glückliche Mann an Deiner Seite!"

„Schleimer! Man könnte glatt glauben, dass Du mich heute Abend wirklich noch ins Bett bekommen möchtest."

"Da kannst Du drauf wetten!"

Ich lache und stelle den Wagen vor dem Ferienhaus ab.

„Na, dann mal los." Sage ich und steige als erstes aus dem Kombi aus.

Ole folgt mir und schließt uns die Tür auf. Wir gönnen uns noch einen alkoholischen Cocktail, entledigen uns der Oberbekleidung und kuscheln uns auf das Sofa.

Ich lehne mich an ihn und genieß die kühle, sahnige Flüssigkeit in meinem Mund. Ein gut gemachter Pina Colada geht im Urlaub einfach immer.

„Danke für den Cocktail, er schmeckt super lecker." Sage ich.

Ole nippt an seinem Cuba Libre. „Hoffentlich tut er auch seine Wirkung."

Ich stutze. „Was meinst Du?"

Er legt den Arm um mich. „Was denkst Du denn? Ein guter Cocktail macht Dich vielleicht willenlos und dann bekomme ich Dich noch leichter ins Bett."

Ich lache. „Du willst mich doch nicht mit Alkohol betäuben, um mich abzuschleppen, oder?"

Ole grinst geheimnisvoll. „Wer weiß? Versuchen kann ich es doch mal."

„Du bist süß, aber ich verrate Dir ein Geheimnis." Ich tippe mit dem Zeigefinger auf seine nackte Brust.

„Welches?"

„Ich gehe sogar freiwillig mit Dir ins Bett." Ich fange an ein wenig zu lallen, denn der Cocktail und das Glas Wein am frühen Abend, scheinen eine Wechselwirkung miteinander einzugehen. „Du musst nur lieb fragen."

„Aha." Er nimmt meine Fingerspitzen und drückt einen zarten Kuss darauf.

„Lass uns austrinken und ins Bett gehen." Flüstert er und küsst mich sanft.

„Guter Plan!" Antworte ich, dann trinken wir aus.

Unser Abend hat jetzt gerade erst so richtig angefangen.

Der Mittwoch verläuft vormittags eher ruhig. Wir frühstücken vor 9:00 Uhr und danach fahren wir ein wenig über die Insel.

Bornholm ist ja bekannt für seine vielen Kirchen, speziell für die Rundkirchen. Letztere sind innen meist bemalt und unter jedem Dach hängt mindestens ein großes Schiffsmodell. Es handelt sich um jeweils genau das Segelschiff, auf dem die ortsansässigen Männer dieser Gemeinde angeheuert und gearbeitet hatten. Mir gefällt die Atmosphäre in den eher schlichten Kirchen, denen man die liebevolle Handarbeit der Anwohner und Handwerker spürt. Am liebsten würde ich zu passenden Farben greifen und kleinere Schäden und verblasste Stellen ausbessern. Da ich künstlerisch begabt bin, traue ich mir sowas durchaus zu.

Mir gefällt auch die Vorstellung, dass auf diese Art und Weise etwas von mir für zukünftige Genrationen erhalten bleibt und dass meine Arbeit ein Teil dieser Kirche werden würde.

Natürlich fasse ich die Schnitzereien und Bemalungen nicht an.

Ich besuche bei der VHS seit Jahren Goldschmiedekurse und stelle Schmuckstücke her. So erschaffe ich auch eine Form von Kunst, die mich bestimmt überlebt und hoffentlich zukünftigen Personen Freude bereiten wird. So, wie der Anhänger für Freya.

Ole und ich besuchen heute nur zwei Rundkirchen, verbringen eine weitere Stunde in einer der Hafenstädte und essen jeder noch ein rotes Würstchen, ein sogenanntes ‚Rødpolse'. Allzu viel steht heute nicht auf unsere To-Do Liste, denn wir wollen uns nachmittags noch umziehen, bevor wir uns mit Freya und Mika zum Minigolf treffen.

Abendessen müssen wir heute auch nicht planen, denn wir wollen anschließend noch zu viert essen gehen. Wir haben also einen entspannten Tag, sind früh wieder zu Hause und ziehen uns um. Ich schaffe es sogar noch ein paar Seiten in einem Buch zu lesen, bevor auch Ole fertig ist.

Wir steigen in unseren Wagen und sind knapp drei Minuten später vor dem Haus von unseren Freunden. Wir haben einen Termin für 18:00 Uhr reserviert, darum haben wir verabredet Freya und Mika um 17:30 Uhr abzuholen. Wir sind extrem pünktlich und schon während ich noch ausrolle, öffnet sich die blaue Haustür.

Die beiden steigen hinten in den Wagen, schnallen sich an und ich gebe direkt wieder Gas. Der Minigolf Platz liegt etwas weiter weg, ist aber der Schönste auf der Insel. Darum wollen wir unbedingt auf diesen Platz spielen. Wir halten vor der Miniaturversion von Bornholm, wo jede einzelne Station immer eine Sehenswürdigkeit der Insel darstellt.

Wir kommen pünktlich an und bekommen jeder einen Schläger in passender Größe und dürfen uns jeweils einen farbigen Ball aussuchen.

Ich ziehe trotz des wenig sonnigen Wetters im Oktober mein rotes Visor Cap an, weil ich mich durch Sonne nicht blenden oder ablenken lassen möchte. Dann betreten wir die eigentliche Anlage.

„Wie spielen wir eigentlich?" frage ich.

Drei Augenpaare gucken mich verwirrt an. Ole zieht die Brauen hoch. „Minigolf?"

Ich schlage mir eine Hand gegen den Kopf. „Wirklich? Was du nicht sagst!" Dann gucke ich in die fragenden Gesichter und erkläre mich genauer: „Ich meine, spielen wir alle gegen einander, oder bilden wir zwei Teams?"

Jetzt fällt der berühmte Groschen. Meine Frage war augenscheinlich doch nicht so blöd. Ich lächele in die Runde und erwarte eine Antwort.

Freya und Mika sind für Teambildung, Ole ist das generell egal. Mir nicht! Teambildung ist auch mein Wunsch.

Mika lächelt und stellt sich einen Schritt näher zu mir. Ziemlich selbstsicher der große Kerl, aber ich habe einen anderen Plan.

„Freya, was hällst Du davon, wenn wir gegen die Jungs spielen?"

Sie wirkt überrascht, guckt einen Moment zwischen Mika und mir hin und her. Ich mache eine unbedeutende Geste und ergänze: „Ich bin gar nicht sooo schlecht, das könnte lustig werden."

Sie lächelt, nickt und wir stoße einmal mit unseren rechten Fäusten zusammen. „Deal!"

Ich lache auch und sage deutlich: „Die Verlierer zahlen das Abendessen!" Damit gehe ich an Ole vorbei zum ersten Abschlag. „Viel Glück mein Schatz!"

Ole schüttelt mal wieder deutlich sichtbar den Kopf über mich, Mika wirkt immer noch überrascht, streicht sich mit den Fingern durch die gestylten Haare lächelt aber trotzdem. Ich vermute er zollt mir mal wieder Respekt. Was hat er mal gesagt? Er mag meine ‚Präsenz' und ‚Lebendigkeit'? Das kann er haben. Beides!

Wir haben den ersten Schlag, eigentlich ein Nachteil, weil man immer vorlegen muss. Ist mir aber egal, denn nur der Endstand zahlt.

Wir geraten schnell mit zwei Schlägen in Rückstand, aber ich weiß welche Stationen noch kommen und bleibe zuversichtlich.

Ich muss immer als Erste rann und überlege, ob man den ersten Schlag nicht rotieren sollte. Am sechsten Loch konzentriere ich mich besonders gut. Diese Station benötigt mindestens drei Schläge. Ich stelle mich korrekt hin, wackele eine bisschen mit der Hüfte, um mich zu entspannen.

Mika tritt ganz dicht an mich heran. Ich spüre, wie seine Schenkel meine berühren. „Du solltest das nicht machen."

Ich gucke über meine Schulter zu ihm hoch. „Was meinst du?"

Er beugt sich zu mir runter, flüstert in mein rechtes Ohr: „Ich meine, dass es gefährlich ist, wenn Du so mit der Hüfte wackelst."

Ich lächele. „Warum? Macht Dich das nervös?"

Er lacht leise. „Ja, so kann man das auch nennen.

„Entspann Dich… immerhin liegt ihr in Führung.

Ich sehe wie Mika sich mit der Zunge über die Kante der oberen Zähne fährt.

Unfassbar sexy! Einen Moment starre ich ihn an und vergesse einen Augenblick die Welt um uns herum. Es ist mir egal ob Freya und Ole das gerade sehen.

„Netter Versuch, aber Ihr verliert trotzdem!" flüstere ich und hauche einen Kuss in die Luft.

Nicht mit mir! Die Männer führen ja eh, da müssen sie jetzt nicht noch andere Register ziehen. An Loch 10 geschieht, was mir schon bei den beiden letzten beiden Runden im vergangenen Sommer passiert ist: Ich schlage ein Hole-In-One, indem ich die Bande anspiele und der Rückstoß direkt den Ball versengt. Passt!

Freya umarmt mich spontan, Mika applaudiert, Ole murmelt. „War ja klar."

Ich fühle mich super und wir sind damit auch wieder gleichauf mit den Männern. Ich weiß aber, dass das schlimmste Hindernis noch kommt. Das Vorletzte Loch ist ein pures Glücksspiel: Ein kleiner Hügel, auf dem mittig das Loch ist. Entweder kommt man den Hügel nicht hoch, der Ball driftet seitlich weg oder man rollt den Berg direkt wieder runter. Hier überhaupt mit sechs Schlägen einzulochen ist schon schwierig. Ich benötige mit viel Glück vier Schläge, besser war ich hier noch nie.

Als Freya mit dem zweiten Schlag einlocht muss ich laut lachen. Jetzt sieht es echt gut für uns aus und wir führen (nach dem letzten Schlag unserer Männer) mit vier Schlägen vor dem letzten Loch. Perfekt!

Ole und Mika tauschen einen langen, besorgten Blick. Ich fühle mich großartig. Das letzte Loch spielen wir Mädels auf Sicherheit! Besser einen Schlag mehr einplanen, aber nicht sinnlos unsere Bälle über den Flughafen von Bornholm hin und her jagen. Ich brauche drei, Freya vier Schläge, die Jungs sind nicht besser, können die Distanz also nicht überbrücken… wir haben gewonnen!

Freya und ich liegen uns in den Armen, freuen uns wie kleine Kinder. ‚Girls vs. Boys‘ war eine gute Idee! Wir machen sogar ein Foto auf dem kleinen Siegertreppchen und überbieten uns gegenseitig beim Lächeln.

Ole und Mika applaudieren kurz, dann helfen sie uns von dem hölzernen Podest herunter.

Mika steht sehr dicht vor mir, nachdem er mir geholfen hat. „Du bist unfassbar!" raunt er mir zu und lächelt.

Ich grinse. „Und Du zahlst die Rechnung!" Er lacht laut und umarmt mich kurz. „Gerne!

Wir geben die Schläger und Bälle zurück und gehen zurück zum Auto. Ole schüttelt immer wieder den Kopf und guckt zu mir rüber. „Ihr habt wirklich gewonnen!"

Ich gebe ihm einen Kuss und bitte um Entschuldigung. Er weiß genau, dass es mir keineswegs leidtut. Ich bin nur höflich.

Freya und ich steigen hinten in den Kombi, als Sieger lassen wir uns im Fond chauffieren. Ich gucke nach vorne:

„Wo fahren wir jetzt hin?"

Mika dreht sich zu uns nach hinten.

„Das kommt darauf an, was Ihr essen möchtet. Fisch gibt es bei uns in der Nachbarschaft. Die beste Pizza gibt es im

Süden der Insel und etwas Exotischer haben wir auch um Angebot. Sagt was ihr möchtet, dann weiß ich, wo wir hinfahren."

Ich gucke Freya an. „Pizza?"

Sie lächelt. „Sehr, sehr gerne."

Wir gucken Mika an, er nickt und sagt zu Ole. „Fahr los, ich sage Dir wie Du fahren musst!"

Wir fahren nur ein paar Minuten, dann sind wir in Nexø. Von der ‚Levertranfabrikken' haben wir schon gehört, hier soll es die beste Pizza auf Bornholm geben, aber wir waren noch nicht hier.

Das weiße Gebäude war ganz offensichtlich früher eine typisch dänische Fischräucherei. Nach dem Umbau ist es jetzt ein gemütliches, modernes Restaurant in skandinavischem Style und mit großzügigem Ausblick in die Landschaft.

Wir gehen hinein und bekommen in der Woche und außerhalb der Saison, problemlos einen der farbig gestrichenen Tische. Ich setze mich, Freya nimmt sich den Platz mir gegenüber.

Ich rechne fest damit, dass Mika sich zu Freya setzten wird und bin entsprechend überrascht, als der Däne auf den Stuhl zu meiner Rechten gleitet.

Ich guck ihm in die Augen: „Aha, ich bekomme heute einen dänischen ‚Tisch-herren'?"

Er blinzelt, dieses Wort kennt er nicht und ich kann es auf englisch auch nicht wirklich erklären. Ich winke ab, streiche mit den Fingerspitzen über einen Unterarm.

„Egal, ich freue mich!"

Ole sitzt mir jetzt schräg gegenüber, und wir sitzen ja eh alle irgendwie zusammen an einem Tisch. Die Getränke kommen zügig und die Speisekarte ist recht über-sichtlich, was ja meist für eine gute Qualität spricht.

Wir bestellen uns zusammen zwei gemischte Salate ohne Oliven und jeder noch eine Pizza. Ich nehme die Pizza SKINKE, mit Tomatensauce, Mozzarella, gegrilltem Schinken und Artischocken-creme.

Das klingt unfassbar lecker.

Wir stoßen mit den Getränken an und ich lasse verbal nochmal die Highlights der verschiedenen Minigolf Stationen Revue passieren. Ich genieße unseren Sieg immer noch. Hätten wir verloren, wäre ich jetzt wahrscheinlich ziemlich gefrustet und müsste ‚gute Miene zum bösen Spiel' machen. Darin bin ich nur mäßig gut.

Der Salat kommt direkt in vier kleineren Schüsseln, statt in zwei große Schalen, an den Tisch. Das ist praktisch. Spontan werden überall Gurken gegen Tomaten getauscht. Freya und Mika haben dasselbe Salatproblem wie Ole und ich. Wir müssen aufpassen um mit den vollen Gabeln in der Luft nicht zusammen zu stoßen. Ein Teil von Freyas Gurken landet schlussendlich bei mir, statt bei Mika. Ich leite die verunglückten Gurkenscheiben weiter und wir haben alle eine Menge Spaß.

Die Pizzen kommen und sind auch schon in jeweils acht Stücke zerschnitten. Das vereinfacht den Verzehr erheblich. Ole hat dieselbe Pizza wie ich, Freya eine vegetarische mit Kartoffeln und Mika hat einen mit frischem Rucola und Parmesan obenauf. Das Essen sieht super aus und wir legen los.

Man schmeckt, dass diese Pizzen in einem Holzofen gebacken wurden und uns wird erzählt, dass die Fabrikken eines der Lieblingsrestaurants von Freya und Mika ist. Wir erzählen den beiden, dass Pizzen in Deutschland oft viel umfangreicher belegt sind und die Auswahl auf den Speisekarten oft riesig sind.

Natürlich wollen die beiden wissen, ob uns diese recht schlichten Pizzen schmecken, was wir ausdrücklich bejahen. Die Pizzen sind wirklich super. Ich nehme mir das nächste Stück und drehe die Spitze in meine Richtung, um dort als erstes abbeißen zu können.

Ich bemerke im Augenwinkel, dass Mika mich anguckt. „Schmeckt die Pizza?"

Ich gucke auf das Stück, dass ich auf meinen Fingern balanciere und sehe dann zu Mika rüber.

„Danke der Nachfrage. Die Pizza ist wirklich super, super lecker."

„Schön." er guckt immer noch, scheint mit der Antwort nicht vollständig zufrieden zu sein. Ich wackele mit meiner Pizzaecke.

„Möchtest Du vielleicht probieren?" flüstere ich.

Es blitzt in seinen Augen und ein ganz spezielles Lächeln breitet sich in seinem Gesicht aus. War ja klar, dass er das möchte. Der Frechdachs!

Ich drehe meine Hand und halte ihm die Pizza direkt vor den Mund. Nebenbei erkenne ich, wie Ole aufhört zu kauen und rüber guckt. Ich ignoriere ihn.

Mika pustet kurz, dann beißt er vorsichtig zu. Ich spüre seine Unterlippe an meinen Fingerspitzen und lächle. Dieser Mann ist schon ein bisschen sehr direkt und vor allem sehr sexy. Ich beschließe ihm öfter mal etwas Essbares zwischen die Lippen zu schieben, wenn sich mir die Möglichkeit bietet. Er scheint das zu mögen und mir gefällt das auch.

Mika beißt ab und kaut genüsslich. Wenn man seinen Gesichtsausdruck jetzt interpretieren müsste, dann würde man wohl eher vermuten, dass er gerade Sex hatte, statt in eine Pizza gebissen zu haben. Verrückt!

Ich reiche ihm das übrige Stück und er nimmt es an sich, während er sich kurz über die Lippen leckt. „Du hast Recht, die Pizza ist köstlich."

Ich lache und nicke. „Sage ich ja. Aber das wusstest doch vorher schon."

Ole schüttelt den Kopf, isst aber weiter. Mika legt das angebissene Pizzastück auf seinem Teller ab, greift sich ein Stück mit Rucola und hält es mir hin. „Gegenprobe?"

Ich blinzele und überlege einen Moment. Ich mag Pizza mit Rucola und Parmesan, aber ich will das hier nicht zu weit treiben. Ich halte ihm meine rechte Handfläche hin und antworte. „Sehr gerne."

Er blickt auf meine Hand, versteht offensichtlich was ich meine. Er grinst, akzeptiert und legt die Pizza auf meine Hand. Ich probiere und stelle fest, dass seine Pizza auch fantastisch schmeckt. Trotzdem tauschen wir keine weiteren Stücke aus, auch wenn ich seinen linken

Schenkel an meinem Bein spüre. Ich würde mir glatt noch etwas bestellen, wenn wir dann noch eine Weile so sitzen bleiben würden.

Natürlich mache ich das nicht.

Freya und Ole bestellen sich noch etwas Wein, ich mir ein großes Wasser. Dann essen wir in Ruhe zu ende. Ein Blick auf die Uhr besagt, dass es auf 21:00 Uhr zugeht. In Dänemark ist es üblich früh zu essen, die Restaurants haben abends nicht so sehr lange geöffnet. Wir sind fast fertig und bestellen kurz darauf die Rechnung. Wir machen es wie immer: Die Männer teilen den Betrag einfach durch zwei und legen etwas Trinkgeld drauf.

Gegen 21:30 h setzten wir Mika und Freya wieder zu Hause ab. Beide müssen morgen arbeiten, darum beenden wir den Abend, mit festen Umarmungen und der Verabredung uns spätestes am Wochenende wieder zu sehen.

Unser Urlaub ist jetzt schon wunderschön und ich hoffe, die beiden werden noch ein bisschen mehr Zeit für uns erübrigen.

Kurz darauf halten wir vor unserem Ferienhaus und gehen hinein. Ole macht uns noch zwei Cocktails und wie kuscheln uns zusammen auf die Couch. Wir stoßen mit den Gläsern an und trinken einen Schluck.

„Das war ganz schön gewagt." sagt er zu mir.

Ich gucke und ahne was er meint. „Du meinst die Pizza, oder?"

Er zieht die Augenbrauen hoch und nickt. „Ja, ich meine die Pizza."

Ich muss lächeln. „Ja, das war es. Aber er sah so süß aus und es hat so viel Spaß gemacht."

„Danach sah es auch aus. Aber vergiss bitte nicht, dass die beiden hier leben und ich weiß nicht ob Freya es so locker sieht, wenn Du in der Öffentlichkeit so vertraut mit ihrem Mann umgehst. Auf einer Insel kennt man sich untereinander und so eine Geschichte kann ganz schön üble Konsequenzen nach sich ziehen."

Meine Gedanken verdüstern sich schlag-artig. Ole hat Recht! Für mich ist das hier nur ein Urlaub, ein paar Tage im Jahr, die sich kaum auf mein Leben mit Familie, Kollegen und Freunde auswirken, weil Mika und Freya einfach zu weit weg sind. Sollte es hier aber Gerede oder Gerüchte geben, dann können die beiden dem nicht ausweichen. Das darf nicht passieren!

Unsere etwas ‚spezielle Beziehung' zu den beiden basiert auf Sympathie und Freundschaft und darf auf gar keinen Fall einen bitteren Beigeschmack entwickeln.

„Du hast Recht!" sage ich nachdenklich. „Ich habe wohl Mist gebaut."

Ole streicht mich über den Rücken. „Sei nicht zu hart mit Dir. Man sieht, dass Mika und Du euch mögt und genießt, dass es zwischen Euch so stark knistert."

Ich nicke leicht. „Ja, ich genieße es wirklich, aber ich darf deswegen nicht kopflos werden. Das Ganze ist ein Spaß und sehr, sehr aufregend. Trotzdem müssen wir hier alle unser Gesicht wahren können. Das Letzte was ich möchte, ist böses Blut."

Ole streicht mir wieder über den Rücken. „Das weiß ich, darum spreche ich das ja auch an."

Ich gucke zu ihm rüber. „Die Message ist angekommen!"

Ich trinke mein Glas aus und bin seelisch ein bisschen angefressen. Ole hat ja (mal wieder) Recht! Ich bin oft zu kopflos und zu emotional. Das könnte zu Problemen führen.

Selbst, wenn es nicht direkt mich trifft, möchte ich Ärger auf jeden Fall vermeiden.

Ich kann mich Glücklich schätzen, dass Mika gerade viel Zeit mit mir verbringen möchte und Freya das auch so akzeptiert. Das darf für die beiden nicht zu einem Problem werden!

Ich beschließe zumindest in der Öffentlichkeit etwas vorsichtiger zu sein.

Jetzt gehe ich aber erstmal ins Bett.

Donnerstag, 12. Oktober - Bootsfahrt

Wir beginnen den Tag sehr gemütlich und faulenzen ein bisschen.

Die erste Woche neigt sich langsam dem Ende entgegen. Wir sind jetzt 5 Tage hier und haben schon so viel erlebt. Der Urlaub ist jetzt schon fantastisch.

Freya und Mika versuchen sich so viel Zeit wie möglich für uns zu nehmen. So hatte ich das zwar gehofft, aber nicht wirklich damit gerechnet, dass es so kommen würde.

Mika ist offensichtlich verrückt nach mir und auch Freya ist deutlich zugänglicher und offener als im Sommer.

Ich bin so froh, dass wir jetzt schon wieder hergekommen sind. Prinzipiell würde ich ja gerne noch ein paar andere Länder bereisen. Zudem habe ich eine Freundin aus Kindertagen, die in Österreich wohnt. Eigentlich wollten wir jetzt dort sein. Und jetzt ist alles anders gekommen.

Ganz anders... Besser!

Gegen 10:00 Uhr sind wir mit dem Frühstück und dem Aufräumen fertig. Wir hab im Sommer eine Bootsfahrt mit der MS

Thor gemacht, die atemberaubend war. Heute haben wir einen ähnlichen Ausflug geplant. Allerdings nicht ab Gudhjem, sondern in Hammashus und mit einem deutlich kleineren Boot.

Wir packen ein bisschen Proviant ein und stopfen die Windbreaker auch noch in den Rucksack. Das Wetter ist sonnig und nicht sehr windig. Ich bin schon gespannt, wie aufgewühlt das Meer im Norden der Insel ist. In so einem kleinen Boot, könnte es schon bei wenig Wind ein paar hohe Wellen geben.

Ich bin früher zwar Kajak gefahren und auch mit Ole schon Paddeln gegangen, aber bei Wellengang, kann mir auch schnell der Magen hochkommen. Das brauche ich heute nicht!

Gegen 10:30 Uhr sind wir unterwegs. Wir fahren an der Westküste entlang. Das mag nicht die schnellste Strecke sein, aber wir haben es ja auch nicht eilig. Wir kommen deutlich zu früh an der Anlegestelle an.

Unser Termin ist um 12:00 Uhr, ich nutze die Zeit bis dahin, um nochmal auf die Toilette zu gehen und mich ein bisschen zu sonnen. Ich bin froh, dass ich mein Visor Cap dabeihabe, denn bei dem schönen

Wetter, neige ich zu Migräne. Ich muss meine lichtempfindlichen Augen schützen. Trotzdem genieße ich heute die Sonne.

Um kurz vor 12:00 Uhr legt das offene, weiße Boot an. Es sieht genauso aus wie man sich ein altes Rettungsboot aus Holz vorstellt, in das etwa 10 Personen reinpassen.

Wir entschließen uns doch die Windbreaker anzuziehen, denn der Wind ist spürbar. Dann besteigen wir das sanft schaukelnde Boot und setzen und an den niedrigen Rand.

Die Fahrt dauert 60 Minuten und führt unten an der Burg Hammershus vorbei. Wir waren schon drei Mal oben auf der Burg, aber die Ruine mal von unter zu betrachten, ist unbeschreiblich schön. So müssen auch Invasoren oder Besucher die Burg zu sehen bekommen haben. Das ist heute noch ein imposanter Anblick, kaum vorstellbar wie die Burg in voller Blüte da oben auf den schroffen Klippen gewirkt haben muss.

Auch die übrige zerklüftete Landschaft ist wunderschön und Ole bekommt gut was vor die Linse. Ich halte mich heute zurück und genieße einfach die Aussicht.

Nach etwa 30 Minuten spüre ich erstmals, wie klein dieses Boot wirklich ist. ‚Klein' bedeutet in diesem Zusammenhang, dass auch schon recht kleine Wellen, das Gefährt deutlich hin und eher bewegen.

Mein Magen grummelt. Noch nicht so schlimm, aber in Kombination mit der andauernden Sonne, macht sich in mir langsam ein Unwohlsein breit. Wenn mir jetzt schlecht wird, ist die Migräne nicht mehr weit entfernt.

10 Minuten später möchte ich nur noch von dem Boot runter. Ich weiß, dass wir schon auf dem Heimweg sind, aber mir erscheinen die letzten Minuten ewig lang.

Als wir wieder an Land sind, setzte ich mich einfach auf ein paar Stufen und versuche mich zu beruhigen. Mir ist schlecht… und die Erden schwankt. Gar nicht gut!

Ich beginne an den Schläfen zu schwitzen und der Nacken verkrampft sich. Ich halte mir die Augen zu, um sie zu entlasten, aber ich spüre wie die Augenlieder aufquellen. Meine Atmung ist hörbar, der Magen dreht sich. Ole ist besorgt. Er kennt das schon und bemerkt, dass es mir zunehmend schlechter geht. Er kniet sich vor mir hin und legt eine Hand an meine feuchte Stirn. „Was machen wir?"

„Tut mir leid." flüstere ich

Ole nimmt meine Hände in seine. „Das muss es nicht, Du kannst ja nichts dafür. Wie kann ich Dir jetzt helfen?"

„Gar nicht. Mir ist einfach nur schlecht." Murmele ich. „Blöder Mist!"

„Wie wäre es, wenn ich Dich Heim bringe und Du legst dich dann erstmal etwas hin."

Ich blinzele mehrfach. „Gerne."

Ole bringt mich zum Auto und fährt los. Jede Kurve ist schrecklich, bei jedem Bremsen und Anfahren wird mir schlecht. Meine Augen brennen und tränen, es geht mir nicht gut. Ich muss durchhalten!

Als wir an dem Haus ankommen, bin ich völlig fertig. Ich schleppe mich ins erste Schlafzimmer, werfe die Kleidung einfach auf einen Stuhl und lege mich hin. Ole zieht die Gardinen zu, stellt das Fenster vorher aber auf Kippe. Frische Luft ist jetzt angenehm. Auf der feuchten Haut und vor allem bei der Atmung.

Ole geht in eines unserer Badezimmer und kommt mit einem kalten, nassen Waschlappen zurück. Er legt mir den Stoff über die Augen und die pochende Stirn.

„Schlaf ein bisschen." flüstert er und streicht mir über die Wange.

„Vielen Dank." murmele ich und versuche mich zu entspannen. Die Erde hört jetzt langsam auf zu schwanken, dafür scheint das Bett etwas zu schweben. Egal! Bei meinem Gewicht, kann es auf jeden Fall nicht wegfliegen.

Ich habe keine Ahnung ob ich wirklich schlafen kann oder wie lange ich so daliege. Irgendwann höre ich leise Schritte und spüre wie sich jemand auf den Bettrand setzt. Der mittlerweile warme Lappen wird entfernt und eine große, kühle Hand legt sich auf meine heiße Stirn. Ich stöhne leise, genieße aber die Berührung. Finger streichen mir ein paar nasse Haare aus der Stirn.

„Arme Emma."

Ich zucke zusammen. Das ist nicht Ole! Ich öffne die Augen und muss mehrmals blinzeln. Mika sitzt auf dem Bettrand und streicht mir über das Gesicht.

„Was machst Du denn hier?" murmele ich.

„Ich bin Rettungssanitäter, da muss ich doch mal gucken, wie es Dir geht."

„Lieb von Dir, aber ich brauche nur ein bisschen Schlaf, dann geht es schon wieder."

„Du bist ganz schön heiß und Deine Augen sind verquollen. Das fühlt sich bestimmt nicht gut an."

„Stimmt… ich bin ganz schön heiß!"

Mika lacht leise und legt mir ein frisches, kaltes Tuch auf das Gesicht. „Schön, dass Du deinen Humor trotzdem nicht verlierst."

„Was kann es denn auch schöneres im Urlaub geben, als einen Migräneschub?" brumme ich leise. Ich bin extrem müde, aber das frische Tuch tut gut.

„Gute Besserung Emma! Ich muss wieder los."

„Vielen Dank!" flüstere ich.

Ich spüre wie Mika aufsteht und höre wie er noch kurz mit Ole spricht. Die Haustüre höre ich schon nicht mehr, ich schlafe schon wieder.

Nachts muss ich nochmal auf die Toilette und trinke etwas.

Danach kuschele ich mich wieder unter die weiche Bettdecke und schlafe zum Glück auch schnell wieder ein.

Freitag, 13. Oktober - Strandtag

Ich blinzele.

Der getrocknete Waschlappen liegt neben dem zerwühlten Kopfkissen. Ich fühle mich ziemlich mies, aber die pochenden Kopfschmerzen sind zum Glück weg.

Ich taste nach dem Handy und erkenne, dass es schon 9:17 Uhr ist. Ole liegt nicht neben mir, ich vermute, dass er im Wohnzimmer ist. Ich setze mich auf und atme einen Moment durch. Der Boden bewegt sich nicht, ich stehe vorsichtig auf und gehe erstmal ins Bad.

Dann ziehe ich mir ein luftiges Kleid an und gehe ins Wohnzimmer. Ole sitzt auf der Couch, liest in einem Buch. Der Frühstückstisch ist gedeckt, es duftet nach aufgebackenen Brötchen und Chaí-Tee.

„Guten Morgen." Sagen wir fast gleichzeitig, ich gebe meinen Mann einen kurzen Kuss.

„Wie geht es Dir?"

Ich atme einmal tief durch. „Besser! Noch nicht gut, aber das schlimmste ist vorbei."

Ole lächelt. „Das ist doch schon mal gut. Hast Du Hunger?"

„Wie ein Bär."

„Schön – dann lass uns frühstücken."

Ich gucke auf den Tisch. „Das sieht fantastisch aus. Vielen Dank!"

Wir setzen uns an den Tisch und essen. Brötchen, Marmelade und geräucherte Rulepølse. So fängt ein Tag auf Bornholm gut an.

„Ich kann mich irren, aber war Mika gestern Abend wirklich noch bei mir am Bett?" frage ich während ich an meinen Tee nippe.

Ole legt sein halbes Brötchen auf den Teller zurück. „Ja, das war er. Er wollte unbedingt kurz nach Dir sehen."

„Das ist lieb von ihm!"

„Der Mann machts sich halt Sorgen um Dich, wenn es Dir nicht gut geht."

Ich lächelte. Ole beißt wieder in sein Brötchen. „Er wollte uns auch noch persönlich für Samstag einladen und fragen, ob Du bis dahin wieder fit bist."

„Ich denke, das bekommen wir hin, wenn ich es heute nicht übertreibe."

Ole guckt mich an. „Was möchtest Du denn heute machen?"

Ich gucke zurück. „Ehrlich gesagt möchte ich nicht besonders viel machen. Ich weiß auch nicht, wie lange ich heute durchhalte."

„Das bedeutet?"

„Am liebsten würde ich ein bisschen ans Meer fahren. Einfach ein bisschen an den Strand legen und das Rauschen genießen. Heute ist es ja um Glück nicht so sonnig."

„Guter Plan!" sagt Ole.

Wir essen zu Ende und Ole beginnt den Tisch abzuräumen und eine Tasche zu packen. Ich gehe derweil duschen und ziehe mich an.

Gegen 11:00 Uhr sind wir auf dem Weg nach Dueodde. Wenn man auf Bornholm an einen schönen Strandabschnitt möchte, muss man auf jeden Fall nach Dueodde. Es ist der perfekte Strand!

Weiß, feinsandig und unendlich weit. Der Strand von Dueodde ist vielleicht der schönste Strand Europas. Und jetzt außerhalb der Saison, ist er wenig frequentiert, während im Hochsommer hier richtig was los ist.

Natürlich essen wir, nachdem wir geparkt haben, erstmal eine kleines ‚Krölle-Bölle‘, ein Soft-Eis mit Kakaopulver. Dann gehen wir die etwa 300 Meter über einen Holzsteg zum Strand.

Am Ende des Holzsteges hat Mika mich das erste Mal an sich gezogen. Ich denke an diesen kurzen Moment im letzten Sommer und muss sofort wieder lächeln.

„Wenn Du so lächelst, denkst Du an Mika!“ stellt Ole fest.

Ich nicke. „Dir entgeht aber auch nichts.“

Ole lächelt. „Ich kenne Dich schon eine Weile und wenn Du an diesen Mann denkst, hast Du einen ganz besonderen Blick entwickelt.“

Ich harke mich an Oles linkem Arm ein. „Bist Du etwa eifersüchtig?“

„Vielleicht ein Klitzekleines bisschen. Aber ich vertraue darauf, dass wir ehrlich zu einander sind. Wenn ich mir doch Sorgen machen müsste, würdest Du es mir sagen."

Ich nicke. „Erstens: Das stimmt. Und zweitens: Nein, ich möchte den Rest meines Lebens mit Dir zusammenbleiben. Trotzdem finde ich Mika süß und scharf zugleich. Außerdem würde ihn gerne mal wieder küssen."

Ole guckt mich an. „Er war ja gestern Abend da."

Ich rolle mit den Augen. „Sehr witzig! Gestern Abend war ich echt nicht in der Stimmung Mika zu küssen. Da war ich froh, dass ich schlafen und atmen konnte."

„Das nennt man wohl persönliches Pech."

„Das stimmt!

Ole bleibt stehen und zieht mich an sich. „Dann musst Du halt mich küssen."

Wir küssen uns. Lange und sehr sanft. Ich habe definitiv den richtigen Mann geheiratet.

Als wir uns voneinander lösen, streiche ich ihm mit einer Hand über den Bart. „Du bist süß!"

„Du auch!"

Wir gehen weiter, suchen uns im welligen Rand des Strandes eine Mulde, auf der wir die mitgebrachte Picknick Decke ausbreiten. Wir kuscheln und aneinander und decken uns mit einer weichen Wolldecke zu.

So verbringen wir die nächsten zwei Stunden am Strand. Das Wetter ist angenehm und wir dösen ein wenig. Ole greift zum Handy, tippt ein paar Nachrichten. Vermutlich fragt er nach, ob am Stall alles in Ordnung ist.

Ich bekomme Hunger. Ole würde auch gerne eine Kleinigkeit essen, darum beschließen wir wieder aufzubrechen.

Wir fahren in einen unsere liebsten Supermärkte und kaufen für unser Abendessen ein. Als Sofortverzehr gibt es für jeden eine warme Frikadelle auf die Hand. Das reicht uns jetzt erstmal.

Auf dem Rückweg fahren wir an einer kleinen Konditorei vorbei und beschießen spontan noch zwei Stücke Kuchen mit zu nehmen. Es ist früher Nachmittag und zu dem Kuchen gönnen wir uns auch noch einen Latte Macchiato.

Ich gehe danach in die Badewanne, lege mich später auf die Couch und lese ein bisschen. Heute mache ich mal ganz, ganz langsam.

Ole fährt nochmal los und besorgt die Holzkohle, die wir mittags vergessen haben. Wir möchten heute Abend grillen.

Das Wetter ist gut, die Temperatur angenehm. Wir werden drinnen essen, aber Ole wird das Fleisch auf dem Grill draußen zubereiten.

Gegen 19:30 Uhr essen wir. Es schmeckt köstlich, aber ich spüre, dass ich müde bin. Die Migräne wirkt bei mir meist ein bis zwei Tage nach. Echt anstrengend.

Um 21:00 Uhr gebe auf und gehe schlafen. Ole bleibt noch ein bisschen auf. Er weiß, dass ich noch ein wenig Ruhe brauche.

Morgen möchte ich unbedingt wieder fit sein!

Ich schlafe bis etwa 8:40 Uhr, was lang für mich ist. Meistens wache ich irgendwann zwischen 7:00 und 8:00 Uhr automatisch auf, wenn ich früh im Bett war, oft auch früher.

Wir frühstücken und rücken uns zwei Liegen auf der Terrasse zurecht. Den Vormittag mit lesen zu verbringen, ist mal etwas ganz anderes.

Heute müssen wir nicht einkaufen, denn wir sind heute Abend bei Freya und Mika eingeladen. Wir müssen also nicht selber kochen. Mitbringen werden wir einen Weiß- und einen Rotwein. Wir wissen ja nicht genau was es zu Essen geben wird, darum bringen wir einfach beides mit.

Gegen Mittag schlafe ich nochmal für knapp 90 Minuten. Ich bin richtig müde. Hoffentlich bin ich dafür heute Abend fit. Ich möchte nicht am Esstisch sitzen, dauernd gähnen und fast einschlafen.

Am frühen Nachmittag gehe ich Duschen, wasche mir zwei Mal die Haare und mache zusätzlich auch noch eine Haarkur rein.

Meine Haare müssen heute Abend perfekt sein!

Meine noch feuchten Locken türme ich zu einem lockeren Knoten und lege meine Solitärkette mit passenden Ohrringen an. Mein Makeup fällt wieder minimalistisch aus, mit Wimperntusche, etwas Labello und einem zu meiner Optik passenden Lippenstift spare ich aber nicht.

Ich ziehe mir schwarze Spitzenunterwäsche mit ein paar Extras an. Darüber das lange, kurzärmelige Jeanskleid mit Bindeband am großzügigen Carmen-Ausschnitt.

Ole steckt den Kopf in das Schlafzimmer in dem ich mich grade anziehe.

„Du siehst gut aus! Das Kleid steht Dir hervorragend."

Ich blicke ihn an, indem ich in den Spiegel gucke und seinen Blick erwidere.

„Ich möchte mich heute Abend gut fühlen und in diesem Kleid tue ich das."

„Das sieht man und es lässt Deine Rundungen so richtig zur Geltung kommen. Dem

Mann werden die Augen rausfallen, wenn er Dich sieht. Versprochen!"

Ich lache: „Das möchte ich doch hoffen."

„Welche Schuhe ziehst Du an?"

„Die schwarzen mit dem Blockabsatz. Ich gehe ja davon aus, dass wir den Wagen nehmen und ich nicht viel damit laufen muss."

Ole lacht. "Scharf."

Ich werfe ein kleines Gästehandtuch nach meinem Mann. „Raus jetzt, ich muss mich fertig machen."

Ole lacht, zieht sich aber zurück. „Was soll ich anziehen?"

„Ist mir egal." Rufe ich ihm hinterher.

Was für eine Frage! ich habe schon mit mir selber genug zu tun. Wie soll ich ihm da auch noch helfen?

Er ist erwachsen und wird sich eine Hose, ein Hemd sowie Unterwäsche anziehen können.

Das reicht für einen Mann ja wohl aus!

Samstag, 14. Oktober - Spieleabend

Pünktlich um 18:00 h stehen wir wieder vor dem zweistöckigen Haus. Wir klingeln. Einen Moment später macht uns Mika die Tür auf.

„Hej" er lächelt und umarmt uns zur Begrüßung. „Kommt herein!"

Das lassen wir uns nicht zweimal sagen und betreten den schmalen Flur. An der Garderobe hängen Outdoor-Jacken und Caps, die ich von Fotos kenne. Gegenüber der Eingangstür befindet sich offensichtlich die Gästetoilette. Gute zu wissen! Mika deutet auf die Tür am Ende des Ganges, also gehen wir in diese Richtung. Im Wohnzimmer angekommen sehen wir gegenüber eine große Terassentür in den Garten und links einen gedeckten Esstisch, auf den Freya gerade weitere Gläser stellt.

„Schön, dass Ihr es gefunden habt!" Sie lächelt und umarmt uns. Im Augenwinkel nehme ich eine Bewegung wahr und gucke mich in dem Raum weiter um. Gegenüber vom Tisch steht eine große Couch mit vielen cremefarbenen Kissen. Davon erheben sich jetzt zwei Männer in etwa unserem Alter.

„Darf ich Euch zwei Freunde vorstellen?" Mika lächelt, legt mir seine Hand auf dem Rücken und deutet auf die Beiden.

Ich wundere mich nur einen winzigen Augenblick, weil Mika schon mal angedeutet hat, dass er evtl. noch Freunde einladen möchte. Ich lerne gerne neue Leute (vor allem Männer) kennen. Ich hatte aber nicht mit zwei so attraktiven männlichen Freunden gerechnet, eher mit einem weiteren Paar.

Swen ist minimal kleiner als Mika aber auch so ein ,Outdoor-Beach-Boy' Typ wie er. Ich finde ihn sofort sehr sympathisch und umarme ihn zur Begrüßung. Arne ist etwa zwei Meter hoch, kräftig, hat lange dunkle Haare, die er zu einem eingeschlagenen Pferdschwanz gebunden hat. Er trägt eine ausdrucksstarke Brille und einen kurzen Vollbart. ,Rea Garvey' schießt mir spontan durch den Kopf. Nur etwas größer und jünger. Er ist wahnsinnig attraktiv und er muss sich richtig zu mir herunterbeugen um mich überhaupt umarmen zu können. Ich reiche ihm nicht mal bis zur Schulter. Der Mann ist völlig überdimensioniert, seine Arme scheinen endlos, die Hände riesig. Als er mich umarmt spüre ich, dass er nicht nur kräftig aussieht, sondern wirklich sehr stark ist. Das mag ich und bekomme einen Moment weiche Knie. Wenn der mal richtig zupackt… au Weia!

Meinen vor vielen, vielen Jahren einmal erfolgreichen bestanden Selbstverteidigungskurs kann ich da mal glatt vergessen. Gegen so einen Kerl hat man (bzw. Frau) keine Chance. Da kann man nur noch beten, dass so ein Mann nicht auf irgendwelche blöden Ideen kommt.

Woher kennen Freya und Mika die beiden? Ob die beiden wissen, dass unser Spieleabend vor ein paar Tagen etwas ausgeartet ist? Was wissen die beiden überhaupt über uns? Ich habe so ein Gefühl, dass ich die Antworten auf diese Fragen im Laufe des Abends noch erfahren werde.

„Schön Euch kennen zu lernen!" sage ich und lächele in die Höhe.

„Ja, stimmt!" Antwortet der Hüne und ich mag seine tiefe, kräftige Stimme.

Das sind zwei sehr scharfe Männer. Der Abend kann großartig werden.

Ich drehe mich wieder zu Freya, gehe zu ihr und höre Ole, wie er sich vorstellt.

Freya bietet mir ein Wasser an, als ich auf einem der Stühle zwei Augen erblicke, die mich aus schmalen Schlitzen fixieren.

„Wer bist du denn?" frag ich und halte der großen, langhaarigen Katze meine Fingerspitzen zur Inspektion hin. Der Geruch und meine Ausstrahlung scheinen akzeptabel zu sein, denn nach kurzem schnuppern stupst der Kopf gegen meine Hand und meine Finger gleiten zwischen den Ohren hindurch in das flauschige Fell.

„Das ist unsere Cassiopaija." sagt Freya.

Ich wusste ja, dass die beiden eine Maine-Coon Katze besitzen und hatte gehofft, sie streicheln zu können. Das hat schon mal funktioniert. Ich bin gerade sehr glücklich, nicht nur weil ich meine eigenen Katzen vermisse, sondern weil es mal wieder beweist, dass Katzen mich mögen. Das hier ist keine freundliche, kleine europäische Kurzhaar Katze. Das ist ein recht großes Raubtier. Von dieser Samtpfote möchte man weder gebissen noch gekratzt werden, aber ich kann die Finger wieder mal nicht bei mir behalten und sie scheint mich sehr zu mögen. Ole steht hinter mir, guckt die Katze an und sagt „Wahnsinn! Das ist mal eine imposante Katze!" Natürlich darf auch er sie mal streicheln, aber ich glaube mich mag sie etwas lieber.

Wir setzen uns an den Esstisch und reichen die ersten Getränke herum und stellen uns alle kurz vor.

Mika kennt Swen von der Arbeit, Rae Gar… äh, nein ‚Arne' macht irgendetwas mit Immobilien. Ob Verwalter oder Makler, das ist mir noch nicht ganz klar. Das macht aber auch nichts, denn das bekomme ich bestimmt noch raus.

Eigentlich könnte der Mann auch den ganzen Tag Steine klopfen. Für mich würde das keinen Unterschied machen.

Das Abendessen macht richtig Spaß. Es gibt Koteletts, Würstchen, verschiedene Salate und Brot. Ich probiere alles und es schmeckt mir sehr gut. Nachtisch gibt es keinen, aber ich bin so satt, dass das nicht schlimm ist.

Wir reden alle durcheinander über Urlaub, Freunde und was uns sonst noch so einfallt. Zwischendurch kommt Cassiopaija mal vorbei und streicht an meinen Unterschenkeln entlang. Sie mag mich!

Wir räumen den Tisch ab und ich frage mich, wie der Abend jetzt weitergehen wird. Wollen alle (außer mir natürlich) wieder spazieren gehen? Oder bleiben wir hier und falten uns irgendwie zusammen auf das Sofa?

Ich bin drauf und dran diese Frage laut auszusprechen, mag mich aber nicht ständig in den Vordergrund drängen. Ich rede eh schon so viel, dass es schnell peinlich ist.

Ich kann einfach nicht richtig zuhören, weil ich auf jede neue Info sofort selber irgendwelche Geschichten preisgeben möchte.

Das ist nicht meine beste Eigenschaft!

Trotzdem beherrsche ich mich jetzt mal, schweige und warte ab. Hoffentlich, muss ich nicht zu lange warten…

Freya macht die Spülmaschine an und Mika holt etwas aus der Schrankwand. Er dreht sich um, sieht mich an und legt eine längliche Schachtel auf den Esstisch. Ich muss kurz lachen, es ist ein LUDO-Spiel. Ich erkenne an dem Deckel, dass man wahlweise mit vier oder sechs Personen spielen kann. Der Mann ist vorbereitet.

Ich gucke ihm direkt in die Augen, weil ich wissen möchte, ob er seinen Freunden erzählt hat, was bei unserem letzten LUDO passiert ist. Er lächelt dämonisch und zwinkert mir kurz zu. Ich bekomme meinen Mund einen Augenblick nicht zu, mir wird heiß und ich werde bestimmt rot bis zu den Haarwurzeln. Seine Freunde wissen, was wir getan haben. Garantiert! Ich bin mir völlig sicher. Böser Mann!

„Das ist nicht Dein Ernst!" flüstere ich.

Ole guckt zu uns rüber und verschluckt sich beim Anblick des Spiels an seinem Wasser. Er hustet, muss aber gleichzeitig lachen. Männer! Ich wette, er findet die Idee genial!

Mir ist das ganze ziemlich peinlich, Ole und Mika finden es augenscheinlich cool.

„Entspann Dich Emma. Das wird ein ganz toller Abend." sagt Mika so leise, so dass nur ich ihn höre.

Ich trinke einen Schluck Wasser und gucke zu ihm hoch. „Da bin ich aber mal gespannt."

Mika lächelt und setzt sich an den Tisch. Ich gucke in die Runde und frage laut: „Wer spielt mit?" Dann setzte ich mich neben Mika. Ich möchte in seiner Nähe bleiben.

Alle spielen mit. Ole setzt sich mir schräg gegenüber, Freya setzt sich neben ihn. An den kurzen Tischseiten nehmen Swen und Arne Platz. Eine Frage schießt mir durch den Kopf, als ich mich umsehe. Ob Freya mit den beiden Männern schon etwas hatte? Oder kennt Mika die beiden von irgendwelchen erotischen Treffen?

Ich werde darauf jetzt wohl keine Antwort bekommen. Es ändert aber auch nichts daran, dass wir hier jetzt zu sechst sitzen und Mika beim Aufstellen des Spieles zugucken.

Wir würfeln aus, dass Swen anfängt. Er zieht und reicht mir dann den Würfel.

Unsere Fingerspitzen berühren sich kurz und ich versuche den kurzen Kontakt zu ignorieren. Ich kann noch nicht rauskommen und reiche den Würfel frustriert an Mika weiter, der meine Finger einen Augenblick festhält, so dass ich ihn kurz strafend angucke. Er lächelt und würfelt natürlich sofort eine sechs. Glück im Spiel hat er schon mal.

Wir spielen ein paar Runden und stellen schnell fest, dass LUDO zu sechst wesentlich länger dauern wird, als mit vier Personen. Das wird ein langer Abend!

Wir füllen die Getränke auf und Freya stellt ihr Glas nach einem Schluck deutlich hörbar auf die Tischplatte. „Ich habe eine Idee."

Wir gucken sie an und warten.

„Was haltet ihr davon, dieses Spiel ein bisschen ,spannender' zu gestalten?"

Spannender? Was meint sie damit?

Am Tisch breite sich schweigen aus, alle warten auf eine Erklärung, aber keiner sagt was.

Ich mache eine auffordernde Geste mit der Hand, als Zeichen, dass Sie doch bitte weiterreden soll.

„Es ist ja nur eine Idee, aber wir könnten eine kleine Strafe einbauen, wenn jemand eine Figur verliert.

Ich kann mich nicht mehr zurückhalten, lege beide Handflächen flach auf den Tisch: „Was schwebt Dir denn da vor?"

Freya lächelt, sieht einmal alle an und bleibt dann optisch direkt bei mir hängen.

„Das kommt wohl ganz darauf an, was wir beide mitmachen würden."

Sowas dachte ich mir doch! Soll das hier eine Wiederholung von vor ein paar Tagen werden? Strip-Ludo? Ich bin ein wenig geschockt, trotzdem muss ich sanft lächeln, während mein Gehirn gerade ein paar Optionen durchspielt. Ich hatte Freya bisher nicht ganz so freizügig eingeschätzt, so einen Vorschlag hätte ich nicht unbedingt von Ihr erwartet. Eher von einem unserer Ehemänner.

Trotzdem bin ich in Geberstimmung: „Dann schlag doch mal was vor."

Sie lächelt mich an und beugt sich etwas vor. „Wir könnten ja für jede verlorene Figur ein Kleidungsstück ausziehen."

Ich lache, klar dass Sie das vorschlägt. Ich frage mich, ob diese Idee wirklich von ihr kommt oder ob das auf dem Mist meins attraktiven Sitznachbarn gewachsen ist. Aber ich weiß spontan, wie ich da rauskomme. Mit einem Gegenangriff!

„Sorry, aber dafür habe ich heute viel zu wenig Kleidung an und nur auf mein Würfelglück möchte ich mich besser nicht verlassen."

Freya zieht eine Braue hoch und antwortet enttäuscht: „Das war ja nur ein Vorschlag."

In dem Raum ist es nach wie vor mucksmäuschenstill. Jeder der Männer hofft, dass da noch was kommt.

Ich lächele und lege den Kopf leicht schief. „Schlag doch etwas anderes vor!"

Ole starrt mich einen Moment fassungslos an, Freya lächelt zurück. Wir Frauen beherrschen hier gerade das Geschehen und besprechen indirekt, wie der Abend sich hier noch entwickeln könnte.

„Was wäre mit einem kleinen Schnaps oder Likör für jede verlorenen Figur?"

Ich wiege den Kopf hin und her und überlege kurz. „Ehrlich, ich bin sehr schnell betrunken. Es macht wenig Spaß, wenn ich müde werde und mich zum Schlafen unter dem Tisch lege."

Freya gibt nicht auf: „Dann schlag Du doch was vor!" Sie sieht mich herausfordern an.

„Mh.... Was wäre mit einem Kuss?" frage ich leise und klimpere unschuldig mit den Wimpern. Die Männer schnappen nach Luft, Frey lacht.

„Gute Idee!" sagt sie und guckt ihren Mann an. „Aber wir dürfen nicht den eigenen Ehepartner küssen!"

Jetzt bin ich einen Moment sprachlos und sehe vermutlich genauso fassungslos wie mein Mann aus, der mich über den Tisch hinweg anstarrt.

Ich muss kurz lachen, meine Nerven liegen blank. Dann lehne mich auf dem Stuhl zurück und gucke in die Runde. „Also wenn das für die anwesenden Herren in Ordnung ist, bin ich dabei."

Freya greift zu ihrem Weißweinglas und hält es mir hin. Ich nehme mein eigenes Glas und wir stoßen zusammen an. Wir sind uns einig und besiegeln das mit einem Schluck.

Am Tisch fangen die Männer so langsam an wieder normal zu atmen. Als ich das Glas abstelle, fällt mir ein, dass es doch noch was gibt, was nicht besprochen wurde.

„Nochwas!" sage ich und hebe einen Zeigefinder um die allgemeine Aufmerksamkeit zu erlangen. „Nur zum Verständnis und der Vollständigkeit halber: Müssen wir unbedingt immer eine Person des anderen Geschlechtes küssen oder darf auch ein Mann einen Mann oder Freya und ich uns küssen?"

Die Wirkung meiner Worte kommt einer Bombenexplosion gleich.

Ole verschluckt sich, hustet heftig, Mika bekommt den Mund nicht mehr zu, starrt mich an und Swen fällt rechts von mir fast vom Stuhl. Arne und Freya wirken hingegen, als wenn sie mit dieser Frage gerechnet haben. Beide lächeln und zollen mir Respekt, weil ich mich getraut habe, diese Frage wirklich laut auszusprechen. Beide möchten ganz offensichtlich auch eine Antwort auf diese Frage.

Freya streicht mit dem Zeigefinder über den Rand es Weinglases und guckt mich an.

„Also von mir aus, kann es jede Person in diesem Raum sein. Nur die Katze zählt nicht."

Ich lächele und hebe mein Glas erneut. „In Ordnung, Cassiopaija ist raus! Zum Wohl!"

Wir stoßen nochmal an, dann greife ich mir den Würfel. „Wer ist dran?"

Ole langt über den Tisch und hält mir die offene Hand hin. Er sieht mich an, schüttelt leicht den Kopf. „Du bist unfassbar!"

Ich lächele, lege den Würfel in seine Hand und streiche mit dem Zeigefinger über seine Handinnenfläche. „Alea iacta est!"

Er starrt mich noch einen Moment an, dann schließt er die Finger und spielt weiter. Der Erste den das Schicksal trifft ist Swen. Er stellt seine geschlagene Figur zurück in sein Haus und ich kann sehen, wie er nachdenkt, wen er jetzt küsst. Rechts von ihm sitzt Freya, links sitze ich. Wenn die beiden schon mal etwas miteinander hatten, wird er wahrscheinlich sie küssen. Dass er sich für einen Mann entscheidet schließe ich irgendwie aus.

Während er zwischen Freya und mir hin und her guckt, warten wir gespannt auf seine Entscheidung.

Dann beugt er sich vor und küsst mich ganz kurz auf den Mund. Vor Überraschung halte ich einen Moment die Luft an, muss dann aber lächeln. Das Spiel läuft und der erste Schritt ist jetzt gemacht.

Swen setzt sich wieder und der nächste ist dran. Es entwickelt sich ein wahrer Wettbewerb, möglichst wenig Läufer auf dem Feld zu haben und sich vor allem nicht erwischen zu lassen.

Irgendwann gucke ich Freya an und frage: „Was bekommt eigentlich der Sieger des Spiels?"

Freya guckt hoch und zuckt mit den Schultern. „Gute Frage!"

Mika mischt sich ein und grinst frech. „Der Sieges des Spiels hat einen Wunsch frei!"

„Aha…" sage ich und gucke auf das Spielbrett. Mika hat schon eine Figur zu Hause und zwei weitere Figuren im Spiel. Das sieht gut für ihn aus.

„Wer entscheidet das?" frage ich. Er beugt sich so weit zu mir rüber, dass sich fast unsere Nasenspitzen berühren.

„Ich."

„Na, dann ist das ja geklärt." antworte ich.

Zwei Züge später wird meine Figur geschlagen und ich muss wählen. Ole darf ich nicht, Swen habe ich schon geküsst. Mika kenne ich ja schon, Freya traue ich mich nicht und die Katze kann ich ja auch nicht. Übrig bleibt Arne.

Ich stehe auf und gehe um Mika herum. Arne ist im Sitzen noch etwa so hoch, wie ich im Stehen. Er weiß, dass ich zu ihm komme. Gott dieser Mann ist attraktiv. Mika ist mein totaler Favorit hier am Tisch (Ole zählt ja nicht) aber ich möchte nicht den ganzen Abend nur ihn küssen, das wäre ja langweilig und wenig amüsant. Zudem habe ich immer noch Hemmungen ihn vor seiner Frau zu küssen. Auch möchte ich nicht, dass Swen und Arne sie später aufziehen, weil ich den ganzen Abend immer nur Mika geküsst habe.

Ich bin bei Arne angekommen, er hat sich mir etwas zugewendet und guckt mir erwartungsvoll entgegen. Als ich vor ihm stehe schlingt er seinen rechten Arm um mich und zieht mich fest an sich. Ich bin überrascht, schnappe nach Luft und muss mich an seinen Schultern festhalten. Ich soll hier eigentlich handeln, aber er will mir wohl signalisieren, dass er gerne die Kontrolle über eine Situation behält. Er beugt sich so weit zu mir, dass nur noch Millimeter unsere Lippen trennen. Nur über diese winzige Distanz darf ich jetzt entscheiden. Weil er das so will.

Ich atme einmal durch, dann berühre ich seine Lippen flüchtig mit meinen. Fertig! Ich versuche mich von Arne zu lösen, aber das lässt dieser nicht zu.

„Das zählt nicht!" sage er deutlich.

Ich starre ihn an. „Was?" Mir wird schlecht. Was meint er nur?

Arne starrt mich an. „Das war kein richtiger Kuss."

Ich schnappe nach Luft und fühle mich elend. Stellt der Mann jetzt etwa auch noch Ansprüche? Wie hätte er es denn gerne? Mit Zunge oder mindestens 30 Sekunden lang?

Ich gucke zu Ole rüber, aber der zuckt nur hilflos mit den Schultern. Arne war meine eigene Wahl, jetzt muss ich sehen, wie ich mit diesem Mann klarkomme und ihn zufrieden stelle.

Nervös mache ich etwas völlig Unüberlegtes, indem ich mit der Zunge über meine Lippen fahre. Arnes Blick glüht und ich spüre die Muskeln in seinem Arm zucken. Das war blöd von mir, aber jetzt muss ich endlich was tun, sonst geht das Spiel nicht weiter.

Ich lege meine Hände an Arnes Wangen und dann küsse ich ihn noch einmal. Erst sehr sanft und zögerlich, dann spüre ich wieder seine kräftigen Muskeln und werde etwas mutiger. Einen Augenblick später spüre ich, dass er auf meinen Kuss antwortet und mich aktiv zurück küsst.

Meine Knie drohen nachzugeben, der Mann schmeckt lecker und ist extrem dominant. Würde dieser Mann mich nicht so fest an sich pressen, würde ich deutlich schwanken.

Ich bin mir nicht sicher, ob die anderen erkannt haben, dass das hier ganz schön intensiv geworden ist. Arne scheint jetzt zufrieden und möchte mich wohl nicht noch mehr provozieren. Er lässt mich endlich wieder los und ich kann zu meinem Stuhl zurückkehren. In meinem Rücken spüre ich seinen brennenden Blick.

Als ich mich setze spüre ich Mikas Blick. Ich starre ihn einen Moment an und frage mich, wie ich seinen Blick interpretieren soll. Ist er eifersüchtig oder will er einfach nur herausfinden, wie ich es fand Arne zu küssen.

Mika beugt sich zu mir, legt seinen Arm auf meine Rückenlehne und flüstert leise: „Arne ist 2,02 m groß."

Ich starre ihn an. „Danke für die Info!"

Er lächelt und wispert „Ich glaube mich zu erinnern, dass Du große Männer magst."

Ich starre ihn an, weiß nicht was ich sagen soll. Ist Arne etwa nur hier, weil Mika denkt, dass er mir gefällt.

Und Swen? Ist der auch nur hier, weil Mika denkt, dass er mir gefällt. Warum läd´ er so attraktive Männer ein und stellt sie mir vor? Denke er ich fange sofort etwas mit ihnen an oder will er vor seinen ‚Freuden' damit angeben, wie leicht er mich um den Finger wickeln kann? Ich bin mir nicht sicher, weiß aber, dass jede dieser Möglichkeiten einen bitteren Beigeschmack hat.

Ich kann mich gerade nicht richtig auf das Spiel konzentrieren und mit ein bisschen Pech passiert, was passieren muss. Ich verliere eine weitere Figur.

Alle gucken mich erwartungsvoll an und ich bin in ‚Kampfstimmung'. Freya lächelt mich an und ich fasse einen Plan. Die Männer wollen sich amüsieren? Dann kriegen sie jetzt etwas zu sehen, wovon sie nachts träumen können. Ich stehe auf, gehe um Swen herum und fordere Freya mit meinem Zeigefinder auf aufzustehen. Freya erhebt sich, keiner sagt etwas.

Ich streiche Freya eine Strähne aus dem Gesicht und warte, ob sie zurückzieht oder mitmachen möchte. Wenn sie kneift küsse ich die Katze – egal was die anderen sagen!

Sie lächelt und deutet ein Nicken an. Sie mag es offensichtlich im Mittelpunkt zu stehen und sie soll ja sowieso bi-interessiert sein. Ich lege den Kopf etwas schief und küsse sie ganz langsam und sanft. Lange verborgene Erinnerungen schießen in mir hoch und ich fühle, wie anders sich die Lippen einer Frau anfühlen. Fülliger, weicher und sie riecht ganz anders.

Als ich den Kuss beenden will, erwidert sie ihn. Intuitiv reagiere ich und lasse den Kontakt doch noch nicht abbrechen. Wir lassen unsere Lippen immer wieder zusammentreffen und schließlich berühren sich auch unsere Zungen einen Augenblick.

Wir hören wie mindestens zwei Männer bei dem Anblick nach Luft schnappen und müssen beide lachen. Damit ist der Zauber endgültig gebrochen und mir bleibt die pelzige Katze erspart. Cassiopaija hätte für mein Verhalten bestimmt auch sehr wenig Verständnis gehabt.

Freya und ich lächeln beide zufrieden und ich gehe zu meinem Stuhl zurück. Wenn die Herren glauben, wir Mädels würden hier nur Männer küssen, dann liegen sie falsch. Ole sagt was von „Respekt", Swen klatscht sogar Applaus. Mika wirkt überrascht, aber auch erfreut. Arne überlegt ganz offensichtlich, was ich sonst noch so mache, wenn ich in der richtigen Stimmung bin.

Wir spielen weiter, die ersten Figuren sind im Haus. Mika führt, weil er schon drei Figuren sicher hat. Also jagen wir alle seine letzte Figur. Oles erwischt ihn schließlich, kurz vor dem Ziel. Mika sinnt auf Rache und erhebt sich. Ich hatte gedacht, dass er mich küsst, aber er geht um den Tisch herum zu meinem Mann. Ole guckt herausfordernd und entschuldigt sich auch nicht für den Rauswurf. Mika beugt sich runter und küsst Ole kurz und leidenschaftlich.

Oha… da kriegen wir Mädels jetzt aber ganz schön was zu sehen. Danach guckt Mika mich an und seine Botschaft ist angekommen: Was Du kannst, kann ich auch!

Auch wenn er nicht führt ist Arne bisher am wenigsten in Zugzwang gewesen. Jetzt aber trifft es ihn. Er verliert durch Freya eine Spielfigur und stellt sie mit einem säuerlichen Gesichtsausdruck zurück in seinen Bereich.

Dann streicht er sich über die Haare und steht auf. Ich rechne damit, dass Freya jetzt dran glauben muss, aber Arne geht um Mika herum, direkt zu mir. Ich lächle nervös. Die Szene vorhin hat mich doch etwas aus dem Gleichgewicht gebracht. Wer weiß, was er jetzt vorhat?

Arne streckt mir seine rechte Hand entgegen und lächelt bezaubernd. Ich verstehe die Geste: Ich soll aufstehen. Irgendwie hatte ich gehofft, diesen Mann heut nicht noch einmal küssen zu müssen, aber so viel Glück habe ich nicht.

Ich reiche ihm meine Hand und er wartet, bis ich vor ihm stehe. Dann geht er um mich herum, zieht meinen Stuhl zu sich heran und setzt sich darauf. Ich bin verwirrt, was soll die ganze Show? Warum sitzt er auf meinem Stuhl?

Sein Griff wird fester und er zieht mich mit einem Ruck zu sich ran. Ich schnappe überrascht nach Luft und sitze im nächsten Augenblick auf Arnes linkem Oberschenkel. Er beugt sich über mich und bringt mich in Rückenlage, weil ich instinktiv versuche ihm auszuweichen. Ich liege in seinem Armen und spüre, dass er mich nur bis zu einem bestimmten Punkt nach hinten kippen lässt. Mein Puls rast und der Blutdruck pocht in meinem Kopf. Er ist wirklich stark, denn ich wiege viel und habe etwas Angst, dass er mich fallen lässt, oder noch schlimmer: Der Stuhl uns beide nicht trägt und wir hier gleich unsanft auf dem Boden liegen.

„Entspann Dich, ich weiß was ich tue!" sagt er. Dann küsst er mich. Wild, leidenschaftlich und sehr lange. Ich kann mich nicht wirklich entspannen, aber der Mann ist aufregend, soviel ist sicher. Groß, stark und dominant. Und er schmeckt super. Seine Lippen sind warm und fest. Seine Zunge ist aufregend und füllt meine Mundhöhle aus. Er kann mir doch hier jetzt keinen Zungenkuss geben! Das soll doch nur ein lockerer Spaß unter Freunden sein… Aber dafür ist er wohl der falsche Mann.

Mit einem zurückhaltenden Küsschen lässt der sich nicht abspeisen. Das hier ist seine Show und die verläuft nach seinen Regeln!

Ich kann nicht sagen, wie lange er mich auf seinem Schenkel balanciert, aber irgendwann hört er auf. Sein Gesicht ist immer noch nur eine Handbreit von meinem entfernt. Er sieht mir in die Augen, möchte abschätzen ob er den Bogen überspannt hat oder ob es mir gefallen hat. Ich bin nicht zu einer Reaktion fähig, ringe dezent nach Luft und starre ihm wortlos ins Gesicht.

Er lächelt, wahrscheinlich weil ich ihm nicht gleiche eine Backpfeife verpasse. Dieser Mann ist extrem attraktiv. Dann zieht er mich wieder in die Senkrechte und wir stehen beide auf.

Er hält immer noch meine rechte Hand fest, als er wieder vor mir steht. Dann beugt er sich herab und gibt mir einen Kuss auf den Handrücken. Mir bleibt vor Überraschung der Mund offenstehen. Damit habe ich jetzt null gerechnet. Der Mann ist eine ständige Überraschung. Bedankt er sich gerade oder entschuldigt er sich? Ich kann es nicht sagen. Ich fühle nur, dass er sehr beeindruckend ist und das weiß er auch.

Vor diesem Mann muss man sich in Acht nehmen!

Er gefällt mir!

Er geht zu seinem Platz zurück, ich setzte mich auch wieder hin. Ich trinke einen Schluck, mag gerade weder Ole noch Mika ansehen, obwohl ich ihre Blicke auf mir spüre. Nur mit Freya tausche ich einen kurzen Blick und die scheint froh zu sein, dass es mich getroffen hat und nicht sie.

Das Spiel geht weiter und im Prinzip küsst jede irgendwann mal jeden, sogar mehrfach. Freya Ole, Swen Freya und Mika küsst mich auch irgendwann, besonders zärtlich und sanft. Ich mag seine Art mich zu küssen ja sehr. Nur um Arne versuche wir alle einen Bogen zu machen. Mit dem Mann ist nicht zu scherzen, obwohl er sich bei den folgenden Küssen deutlich zurückhält.

Nach zweieinhalb Stunden schiebt Mika als erster seine letzte Figur ins Haus und gewinnt das Spiel. Er reißt die Arme hoch und sieht äußerts zufrieden in die Runde. Ich bin einfach nur froh, dass es vorbei ist.

Ich möchte nicht noch einen Mann küssen oder mich küssen lassen, nur weil ich mit dem Würfeln Pech habe. Ich bin hier fertig.

Wir packen zusammen, füllen die Getränke nach und greifen uns jeder eine Handvoll ungarische Chips, die wir extra aus Deutschland mitgebracht haben.

Wir stoßen alle miteinander an, lachen und können gar nicht recht glauben, dass wir so etwas Verrücktes gerade wirklich getan haben. Dann traut Freya sich zu fragen, was unser Sieger denn jetzt als Siegprämie haben möchte. Wir hatten ja gesagt, der Sieger hat einen Wunsch frei.

Mir kribbelt das Blut in den Adern. Mika hatte viel Zeit sich auf den Sieg vorzubereiten, denn er lag praktisch ständig in Führung. Also gehe ich davon aus, dass er sich was überlegt hat und ich vermute einfach mal, es hat etwas mit Freya und / oder mir zu tun. Ich gucke zu ihm rüber und bin mir sicher, dass ich Recht habe. Sein Blick glüht und er freut sich darauf, seinen Wunsch zu äußern.

Ich schlage eine Hand vor mein Gesicht und flüstere: „Sag es bitte einfach!"

Er greift meine linke Hand und zieht die Fingerspitzen zu einem flüchtigen Kuss an seine Lippen.

Er hält meine Hand weiter fest und guckt Ole an. „Falls das für Ole in Ordnung ist würde ich Dir gerne noch ein paar Räume in diesem Haus zeigen."

Ole hebt die Hände. „Das ist Emmas Entscheidung! Wenn Sie mitgehen möchte, ist es für mich in Ordnung."

Mika guckt mich an, streicht langsam mit seinem Daumen über die Oberseite meiner Finger. „Möchtest Du?"

Mein Mund ist trocken, mein Blut pocht, ich mag es, wenn er meine Hand hält und er weiß das.

Ich versuche mit einem kleinen Witz meine Nervosität zu überspiele. „Ihr habt keinen Käfig oder Folterwerkzeug irgendwo im Keller, oder?"

Mika lacht laut, aber ich bin mir sicher, dass er spürt wie meine Finger zittern. Er ist sensibel und er legt ja Wert darauf, dass ich mich ‚comfortable' und ‚safe' (wohl & sicher) bei ihm fühlen. Eine Folterkammer, wäre das glatte Gegenteil.

„Nein, wir gehen nicht in den Keller. Ich möchte mit Dir unters Dach und Folterwerkzeug gibt es da oben auch nicht. Versprochen!"

„Was gibt es denn sonst da oben?" frage ich, obwohl ich nicht glaube, dass er antworten wird.

Mika beugt sich zu mir rüber und flüstert in mein linkes Ohr. „Nur Schlafzimmer."

Genau sowas habe ich befürchtet. Ich starre ihn einen Moment wortlos an, spüre wie mein Gesicht anfängt warm zu werden. Ich laufe garantiert rot an.

„Ach so." flüstere ich.

Mika lächelt verführerisch. „Und? Möchtest Du mit hochkommen?"

Ich überlege. „Mit Dir... und mit wem noch?"

Mika blinzelt einmal. „Ich denke Freya würde gerne nochmal eine Massage von Ole bekommen. Damit bleiben wir beide, Swen und Arne übrig."

„Aha." sage ich nur.

Mika wartet einen Augenblick, legt den Kopf etwas schief und lässt mich überlegen. Dann steht er auf und reicht mir die Hand.

„Vertrau mir! Du bist hier im Haus völlig sicher und es wird Dir gefallen."

Ich kann kaum glauben was ich tue, aber ich ergreife seine Finger und stehe auf.

„Da bin ich aber mal gespannt."

Mika lächelt und auch Arne wirkt erfreut, Swen sehe ich gerade nicht, hör aber wie er hinter mir aufsteht.

Ich gucke zu Ole und sage fast lautlos. „Bis später!"

Ole blinzelt. „Wenn etwas ist, ich bin hier!"

Ich gehe mit Mika in den Flur und dann links die weiß gestrichene Holztreppe hoch. Arne und Swen folgen uns. Oben gibt es mehrere Räume, Mika geht nach rechts und drückt eine weiße Tür. Ich folge seiner einladenden Geste und betrete den Raum.

Es scheint ein Gästezimmer zu sein. Ein großes Bett in der Mitte mit hübscher Bettwäsche, verschiedenen farbigen Kissen, Gardinen am Fenster und mehren weißen Kommoden. Dieser Raum könnte aus einer Zeitschrift für Wohnen im Hygge-Style sein. Wirklich hübsch! Genauso habe ich mir ein Gästezimmer in Dänemark vorgestellt. Ich versuche durch das Fenster in den Garten zu gucken. Die Aussicht war bei unserer Ankunft fantastisch. Hier sieht man zwar kein Wasser, aber der Garten und die Landschaft dahinter sind nicht weniger ansprechend. Es ist jetzt etwa

22:00 h abends, draußen ist es schon lange zu dunkel geworden um etwas Konkretes zu erkennen.

Mir ist das Recht, denn im Mai war es vor 24:00 h fast nie wirklich dunkel und das fand ich zum Einschlafen schwierig.

Ich drehe mich um und sehe, dass Swen und Arne den Raum mittlerweile auch betreten haben. Zu viert ist es ganz schön eng hier drin. Mein Blick bleibt an zwei Ösen in einem Deckenbalken hängen. Ich deute nach oben und frage. „Wofür sind diese Ringe da?"

Mika lächelt und leckt sich einmal über die Unterlippe bevor er antwortet. „Die sind entweder für eine Liebesschaukel oder für ein paar Seile. Je nach Bedarf."

Ich starre nach oben. „Das ist nicht Dein Ernst!"

Mika steht jetzt hinter mir, legt mir die Hände auf die Schultern und kneten ganz sanft meinen Nacken. „Oh doch! Aber die Schaukel werden wir heute Abend nicht brauchen."

Ich gucke ihn über die Schulter hinweg an. "Das ist ja fast schade. Ich wollte sowas immer schon mal ausprobieren, aber es fehlt bei uns an dem passenden Harken und auch der passenden Befestigungsmöglichkeit."

Mika schmunzelt, küsst mich seitlich unter dem linken Ohr. „Emma… Du brauchst jetzt keine Schaukel. Du hast hier drei starke Männer stehen."

Ich drehe mich zu ihm um, sehe Swen hinter ihm, Arne lehnt an der Wand.

„Soso! Und was machen ich jetzt hier mit drei starken Männern?"

„Alles was Du möchtest!" Er nimmt mein Gesicht zwischen seine Hände und küsst mich sanft. Er schmeckt süß und aufregend. Mein Gehirn setzt schon wieder aus, weil ich in seinen Armen liege.

Ich spüre eine Bewegung in meinem Rücken und mir wird bewusst, dass es dieses Mal nicht Ole ist, der hinter steht. Ich tippe auf Swen.

Wenn Arne mit seinen 2,02 m hinter mir stehen würde, würde sich das wohl anders anfühlen.

Mika zieht mich an der Hüfte noch näher zu sich heran, während Swen anfängt über meinen Rücken zu streichen. Beide beginnen ihre Körper vorsichtig an mir zu reiben, was sich unglaublich gut anfühlt. Ich schließe die Augen und fühle mich hier in diesem Raum gerade sehr, sehr wohl.

Mit Mika bin ich immer bereit über meine Grenzen zu gehen und genau das mache ich hier gerade. Ich erweitere meinen persönlichen Horizont, weil ich weiss, dass er auf mich aufpasst. Sogar Ole vertraut ihm, sonst hätte er dieser Nummer hier garantiert nicht zugestimmt.

Leise sage ich „Mika..."

Er guckt mich an. „Ja?"

„Ich bin hier völlig sicher, oder?"

Er atmet langsam ein und küsst mich auf die Nasenspitze. „Du bist hier völlig sicher Emma. Ein Wort und wir hören auf. Jederzeit!"

Ich streiche ihm mit beiden Händen über die Wangen. „Ich mag Dich!".

„Das ist schön!" sagt er und küsst mich wieder. Ich spüre seine Zungenspitze und streich mit den Fingerspitzen durch seine Haare. Wie kann ein Mann nur so weiche, feine Haare haben?

Hinter mir bewegt sich Swen. Ich spüre seine Hände auf meinem Rücken und meiner Hüfte. Er fühlt sich gut an und übertreibt es noch nicht. Er streicht mir die Haare aus dem Nacken und küsst mich dort. Ich mag das.

Das Ganze fängt hier vielversprechend an. Swen massiert meinen Nacken, was ich sehr angenehm und entspannend finde. Ich drücke meinen Po etwas in seine Richtung und sein Körper reagiert mit entsprechendem Gegendruck. Ich greife mit einer Hand nach hinten und fasse Swen an den Oberschenkel. Das gefällt ihm, denn er beißt mir ganz sanft in den Nacken, was mir jede Menge Gänsehaut über den Rücken jagt. Ich zittere ein bisschen.

Er streicht mir mit den Daumen über den Nacken und ich entspanne mich wieder.

Dann drehe ich mich um. Mal sehen, ob Swen genauso gut schmeckt, wie ich es vermute. Ich streiche mit den Händen langsam über seine Arme. Swen sieht erfreut aus, er möchte mich küssen, das kann ich sehen.

Er streicht mir eine Strähne aus dem Gesicht und fährt mit seinem Zeigefinger über meine linke Wange und meine Unterlippe. Dann küsst er mich. Er ist Mika sehr ähnlich. Süß und sanft, aber etwas fester. Er zittert nicht wie Mika das anfangs getan hat. Er weiß was er will und das signalisiert er auch körperlich.

Während Swen mich küsst, legt Mika seine Hände auf meinen Hintern und beginnt ihn zu massieren. Sehr, sehr angenehm. Er zieht eine Ecke meines Kleides hoch und schiebt seine rechte Hand unter den Stoff. Seine Hände berühren meine nackte Haut neben dem Slip. Ich muss lächeln, möchte aber den Kuss mit Swen auch nicht unterbrechen.

Mika packt meine Hüfte mit beiden Händen und gibt mir einen Stoß von hinten und presst sich dann fest gegen mich. Ich schnappe vor Überraschung nach Luft,

Swen lacht und wackelt mit einer Braue. Der Mann ist charmant, freundlich und tickt augenscheinlich ähnlich wie der Mann hinter mir.

„Vorsichtig!" beschwere ich mich, meine es aber nicht wirklich ernst.

Mika zieht mich noch enger an sich. „Keine Angst, ich weiß doch worauf Du stehst."

Er haucht mir einen Kuss auf die Wange, dann auf eine Schulter. Eine Gänsehaut jagt über meinen Körper.

Swen zieht an dem Bindeband und mein eh schon großzügiger Ausschnitt, vergrößert sich deutlich. Der Stoff rutscht endgültig über die Schultern und tief auf meinen Busen. Der Rand des BHs und die Träger werden sichtbar. Swen gefällt augenscheinlich, was er sieht. Er fährt mit dem Finger am Rand der Schalen entlang.

Dann fährt er mit den Fingern unter die schwarzen Träger und zieht sie über meine Schultern, wobei er noch gleich den Jeansstoff mit runter schiebt. Mikas Finger öffnen den BH Verschluss auf dem Rücken und die Schalen fallen von meinen Brüsten.

Swen wirkt begeistert, umfasst seitlich meine Brüste und drückt sie sanft zusammen. „Das ist der Hammer!" flüstert er. Ich vermute er hat nicht mir diesen Ausmaßen gerechnet.

Mika kichert, er kennt meine Maße ja schon. Er gibt mir eine klare Anweisung „Arme hoch Emma!"

Ich schlucke und entscheide gehorsam zu sein. Ich hebe meine Arme über den Kopf und warte einen Moment ab. Mika rafft den Saum des Kleides und zieht mir den ganzen Stoff und den BH über den Kopf.

Ich kann förmlich spüren wie Mika sich einen Überblick verschafft ob und was ich jetzt überhaupt noch anhabe. Der verbliebende Stoff ist übersichtlich: Ein breiter, schwarzer Strapsgürtel mit abknöpfbarem Höschen, und hautfarbenen Strümpfen.

Er greift an meine Hüfte und streicht mit seinen Händen, langsam an meinem Körper nach oben. Über die Rippen, seitlich an den Brüsten vorbei, dann die Ober- und Unterarme hinauf und dann verschränken sich unsere Finger

ineinander. „Emma, Du bist der Wahnsinn!"
Er drückt sich von hinten an mich und zieht
dann meine Hände nach unten, um sie auf
meinem Rücken zu kreuzen und dort
gegen seinen Schritt zu drücken. Er küsst
meinen Nacken, reibt sich an mir.

Mika schiebt einen Finger unter einen
Straps und lässt das Gummi sanft gegen
meine Haut flutschen. Ich muss lächeln, ich
habe augenscheinlich die richtige
Unterwäsche angezogen. Die Männer sind
begeistert und mir geht es gut, weil ich so
ein paar überflüssige Pfunde verstecken
kann und mich nicht ganz so nackt fühle.

Swen hat sich das angesehen, jetzt
streichelt er meine Rundungen, riebt meine
Brustwarzen zwischen den Fingern. Und er
küsst mich, wild und aufregend. Seine
anfängliche Zurückhaltung legt er jetzt
endgültig ab.

Die beiden sind wirklich gut und machen
mir Spaß.

Mika packt wieder meine Hüfte und presst
seine Becken in paar Mal gegen mich. Ich
wie was er da simuliert. Frecher Kerl! Ich

muss lachen, was beiden Männern augenscheinlich gefällt.

Eine ehrlich lachende Frau ist eine entspannte Frau und die wird nicht ‚nein‘ sagen, wenn das hier so weiter geht.

Ich beschließe, dass die Junge jetzt auch ein paar Kleidungstücke ablegen sollten. Ich kralle meine rechte Hand in Swen´s T-Shirt und ziehe ihn noch näher zu mir heran. Dann schiebe ich meine Hände unter den Saum und streiche mit den Händen über seine nackte Haut nach oben. Er versteht sofort was ich möchte, hebt gehorsam die Arme. Meine Finger gleiten seitlich über die Rippen, die Oberarme und die Unterarme. Bis zu den Händen komme ich nicht ran, weil Swen deutlich größer ist als ich, aber als sein Kopf durch den Halsausschnitt rutscht, wirft er den Stoff einfach selber irgendwo hinter sich.

Mika zieht sich das Shirt direkt selber aus. Ich spüre das auf der Haut in meinem Rücken und höre einen Moment später den Stoff leise aufschlagen.

Swen ist Mika wirklich ähnlich. Ein hellhäutiger, nordeuropäischer Mann um die 50 Jahre, mit recht wenig Brusthaaren und einem breiten Lächeln. Er ist attraktiv!

Er hat nicht mal annähernd die Wirkung auf mich, wie Mika, aber er ist absolut in Ordnung.

Jetzt sind wir Drei ‚oben ohne', was sich gerade für mich in der Mitte sehr angenehm anfühlt. Es ist aufregend, aber das reicht mir noch nicht.

Die Hosen müssen auch weg! Es kann nicht sein, dass ich hier fast nackt stehe und mich anfassen lasse, während die Männer in Hosen stecken. Ich drehe mich zu Mika um, er weiß bestimmt was jetzt kommt. Er zuckt nicht einmal mit der Wimper, als ich an seinen Gürtel fasse und ihn herausfordernd ansehe. Er lächelt mich an – er weiß genau, was ich tun werde und er irrt sich nicht. Ich öffne den Gürtel, den Hosenknopf und den Reisverschluss. Dann reibe ich mit der flachen Hand über den Stoff. Alles ist so, wie erwartet.

Ich schiebe den Stoff auseinander und ziehe ihm die Hose über den Po. Ich werfe einen Blick auf die Boxershorts und bin zufrieden mit dem Anblick. Ich lächele zu ihm hoch und küsse ihn lange. Dann drehe ich mich um. Hinter mir zieht Mika seine Hose ganz aus.

Swen weiß, was jetzt auf ihn zukommt. Er ist immer noch da, ist nicht geflüchtet, also wiederhole ich die Prozedur.

Jetzt stehe ich wieder zwischen den Herren und kann viel mehr von ihnen spüren als vor wenigen Minuten. Das letzte bisschen Stoff, stört mich erstmal nicht. Es gibt jetzt genug männlichen Körper für mich zu sehen und zu fühlen.

Mika grinst über das ganze Gesicht, Swen genießt meine dezenten Streicheleinheiten sichtlich. Mir fällt auf, dass Swen bei Mika sehr genau hinschaut. Ich vermute er wünscht sich gerade, dass ich die Boxershorts auch direkt entfernt hätte.

Ich bin mir nicht ganz sicher, ob Swen sich mehr für mich oder vielleicht doch eher für Mika interessiert. Ich weiß nicht viel über den Mann und er könnte ja bi-sexuell sein.

Wie bi-sexuell ist Mika? Ich erinnere mich flüchtig an seinen ersten Besuch bei uns. Zwischen Mika und Ole ist die Situation im

Sommer ganz schön intensiv geworden. Das könnte ungeplant gewesen sein, aber es kann auch von Mika forciert worden sein.

Ich mag mir darüber jetzt nicht den Kopf zerbrechen. Ich hoffe der schöne Däne steht in erster Linie auf mich!

Eine Hand legt sich um meinen Hals und zieht mich so weit nach hinten, bis ich an einen anderen Körper stoße. Das ist definitiv nicht Swen, das ist Arne!

Er packt nicht wirklich fest zu, aber seine Autorität ist mit den Händen greifbar und raubt mir den Atem. Arne überragt mich um, mehr als einen Kopf. Das ist ziemlich einschüchternd, aber auch sehr aufregend. Ich mag ja große Männer, Arne ist aber nicht nur groß und stark, er ist bei weiten der extremste Mann, dem ich mich je sexuell genähert habe.

Vorhin habe ich ja schon einen kleinen Vorgeschmack bekommen, wie kräftig dieser Mann ist und wie leidenschaftlich und dominant er sein kann. Jetzt bekomme ich bestimmt noch einen Nachschlag.

Mika küsst mich noch einmal kurz, dann zieht er sich mit Swen zurück. Das finde ich einen Augenblick blöd, denn es hat sich gerade so gut angefühlt und richtig losgelegt hatten wir ja auch noch nicht.

Ich bin jetzt wohl ich der Position, wie Arne mich gerne hätte, er lässt meinen Hals los, umgreift meinen Oberkörper und nimmt jeweils eine meiner Brüste in seine Hände. Er versucht sie vollständig zu bedecken, merkt aber, dass es selbst mit seinen riesigen Händen nicht möglich ist. Das passiert ihm wohl auch nicht sehr oft.

Er spannt sein Arme an und zieht mich etwas fester an sich. Wahrscheinlich will er wissen, ob das für mich in Ordnung ist und wie zerbrechlich ich bin. Soll er es doch versuchen, so schnell bin ich nicht klein zu kriegen und zerbrechlich bin ich auch nicht. Mir geht nur lungentechnisch schnell die Luft aus.

Ich bin mir noch nicht so ganz sicher auf welcher Höhe sich bei Arne was befindet. Wo seine Hände gerade sind, weiß ich ja, aber ich werde langsam neugierig, wie er sonst noch so gebaut ist. An meinem Po spüre ich jedenfalls nur seine Beine.

Vielleicht kann Arne Gedanken lesen, denn er lässt meine Brüste los, greift nach meinen Händen und drückt meine Handflächen auf seine Oberschenkel. Er hat feine Härchen und enorm starke Muskeln. Die meisten Männer haben eher schlanke Beine, dieser Mann ist sehr muskulös. Er macht Bodybuilding und das Ergebnis spüre ich deutlich unter meinen Fingern.

Ich muss gleichzeitig keuchen und lachen. Der Mann fühlt sich beeindruckend an!

Meine Reaktion entgeht im natürlich nicht. Er packt meine Hüfte und zieht mich fest an sich. Jetzt spüre ich ein bisschen mehr von ihm. Ein bisschen viel mehr.

Was ich da spüre kann nicht sein! Ich dachte immer die meisten Bodybuilder sind unten rum eher nicht so gut ausgestattet, aber das hier fühlt sich an, als wenn sein Penis auch aktiv Bodybuilding betreiben würde.

Er ist sehr warm, hart, dick und ich kann noch gar nicht abschätzen wie lang er ist. Ich bin verunsichert und runzele die Stirn.

„Oh mein Gott!" rutscht es mir über die Lippen. Keine Ahnung wie viel Deutsch Arne versteht, aber dass ich überrascht bin, bemerkt er wohl, hat er wahrscheinlich auch erwartet. Worauf habe ich mich da nur eingelassen?

Ich vertraue Mika und bin mir sicher, dass Arne heute nur hier ist, weil das ungefährlich für mich ist. Arne beugt sich zu mir runter, küsst mich auf den Hinterkopf. Mir wir heiß, die Kopfhaut brennt, meine Knie werden weich. Ich habe kurz vergessen zu atmen und konzentriere mich jetzt bewusst auf gleichmäßige Atemzüge.

Arne tritt einen Schritt zurück, lässt mir mehr Platz und Luft. Er fast mich am Ellenbogen und dreht mich zu sich um.

Der Mann ist völlig nackt! ...bis auf das Kondom. ‚Safer Sex' scheint bei den Dänen eine Selbstverständlichkeit zu sein. Gut so!

Ich starre ihn einen Moment überrascht an. Mein Blick wandert über seinen Körper und ich weiss gar nicht, wo ich zuerst hingucken soll. Er hat wirklich überall

Muskeln: Arme, Beine und Bauch, der Mann ist richtig sportmäßig muskulös.

Von seinem Penis fange ich erst gar nicht erst an. ‚Imposant' wäre untertrieben.

Der Mann wäre das perfekte ‚Mean's Heath' Cover, wenn es um das Thema geht: ‚Hol das Maximum aus Deinem Körper heraus!"

Ich fand Arnold Schwarzenegger schon als Teenager spannend, nur das Gesicht und die Stimme nicht so. Arne punktet hier deutlich mehr.

Anscheinend durfte ich jetzt genug gucken und mir Gedanken machen. Arne kommt wieder einen Schritt näher, nimmt mein Gesicht zwischen seine Hände und küsst mich. Ich weiß ja schon, wie herrisch er sein kann, aber jetzt fängt er erstmal ganz zahm an. Ich denke er spürt, dass ich irritiert bin und er will mir etwas Zeit lassen um Vertrauen zu ihm zu fassen.

Er muss sich ganz schön verrenken, ich reiche ihm wirklich nicht mal bis zur Schulter. Langfristig müssen wir uns eine andere Position suchen, sonst bekommt er einen steifen Nacken.

Er löst sich von mir, guckt sich im Zimmer um. Was hat er nun vor?

Er guckt einen Moment auf mich runter, dann leg er meine Arme um seinen Hals und flüstert in mein Ohr: „Festhalten!"

Ich bin nicht sicher was er meint, aber es bleibt mir keine Zeit nachzufragen. Er schlingt seine Arme um meine Körper, presst mich an sich und hebt mich hoch.

Panik schießt durch meinen Körper! Damit habe ich nicht gerechnet. Ich wiege über 100 kg, der Mann kann mich doch nicht einfach hochheben! Das letzte Mal als mich ein Mann getragen hat, habe ich keine 80 kg gewogen.

Reflexartig schlinge ich die Beine um seine Mitte. Ich habe echt Angst runter zu fallen. Wenn wir beiden zusammen umfallen und er auf mich fällt, kann Mika hier gleich einen Krankenwagen bestellen. Und wie soll ich das später Ole erklären?

Ich schnappe nach Luft, kralle meine Arme um Arnes Nacken und starre ihn wortlos an. Er macht wenige Schritte und drückt meinen Rücken gegen eine freie Stelle an der Wand. Danach hat er sich also umgesehen. Eine geeignete Stelle an der Wand.

Mein Gesicht ist jetzt auf gleicher Höhe wie seines, er guckt mich an. Ich versuche meine Atmung unter Kontrolle zu bringen. „Das ist nicht Dein Ernst!" wispere ich.

Er sieht mich direkt an, lächelt dämonisch und ich erkenne, er ist noch lange nicht fertig mit mir. Er küsst mich fest und ich spüre wie er einen Arm von meinem Körper löst. Da er mich weiterhin mit seinem Körper an die Wand presst, bleibe ich dort, wo er mich haben möchte. Trotzdem wird mir schlecht. Das kann nicht lange gutgehen. Ich bin echt nervös und es wird nicht besser.

Ich spüre wie Arne seinen rechten Arm unter meine linke Kniekehle schiebt, dann drückt er seine Handfläche gegen die Wand. Der Mann ist verrückt!

Wie befürchtet, wiederholt er sein Tun mit dem andern Arm. Abgesehen davon, dass ich hier oben an der Wand klebe, sitze ich jetzt entblößt auf seinen Armen. Ich starre ihm wortlos in seine glitzernden Augen. Er findet das hier gerade richtig scharf.

„Keine Angst Emma, ich kann dich halten!" sagt er und ich erkenne, dass er davon überzeugt ist. Trotzdem bin ich dezent panisch. Der Mann ist verrückt, extrem attraktiv und wahrscheinlich auch mittelgradig Wahnsinnig. Mein Puls rast, der Hinterkopf pocht und meine Nerven flattern.

„Du bist völlig verrückt." flüstere ich. Seine Antwort ist ein Lächeln, dann küsst er mich wild. Er presst mich gegen die Wand und ich spüre, wie er sich an mir reibt.

Mein Gehirn überschlägt sich. Ich zittere und versuche herum zu hampeln, das funktioniert aber nicht. Ich stecke zwischen Wand und Arne fest. Hilflos und ausgeliefert…

‚Mein Gott ist das geil!' schießt es mir durch den Kopf.

Mit Anfang zwanzig hatte ich mal Sex im Stehen, aber das ist lange her und ich habe etwa 45 kg weniger gewogen. Das hier ist gerade unglaublich. Dieser Mann ist unglaublich.

Ich habe keine Lust mehr mich hilflos an diesen Mann zu krallen. Ich habe viel mehr Lust, das hier voll zu genießen. Sex im Stehen ist fantastisch und er scheint mich wirklich halten zu können. Also warum soll ich das hier nicht voll ausnutzen. De Mann ist lecker, dominant und absolut beeindruckend. Mit meiner rechten Hand streiche ihm über seine Wange, dann wühle ich in seinen Haaren.

Das motiviert ihn spürbar. Er holt einmal tief Luft, presst mich mit seinem Gewicht fester an die Wand. Ich schnappe nach Luft, bekomme den Mund nicht mehr zu und meine Augen quellen hervor. Ich muss aussehen wie eine blöde Kuh, kann es aber nicht verhindern. Mein Gott ist der Mann schwer! Ich verkrampfe mich und heiße Schübe rinnen über meine Körper. Meine Füße zucken, aber ich kann das nicht beeinflussen.

Arne starrt mich an, Küsst mich sanft unter einem Ohr. „Vertrau mir Emma!"

Ich kann ihm nicht antworten, bin froh, dass ich irgendwie regelmäßig Luft holen kann. Ich lege den Hinterkopf an die Wand, schließe die Augen und versuche mich zu beruhigen. Das ist leichter gesagt als getan, aber es fühlt sich so aufregend an… genau wie meine Hand in seinen Haaren. Sie sind strukturiert, aber nicht so weich wie Mikas Haare…

Der ganze Mann ist nicht wie Mika! Wo ist der blonder Däne eigentlich gerade? Gefällt ihm was er sieht? Oder eher nicht?

„Emma?" Ich höre Arnes Stimme in meinen Ohren, reagiere aber irgendwie nicht.

„EMMA?" jetzt wird er deutlicher. Ich zucke zusammen und öffne meine Augen. Arnes Gesicht ist direkt vor mir.

„Hallo!" Arne sieht mich nachdenklich an. „Woran denkst Du?"

Ich streiche mit einer Hand über seine Wange, weiss nicht recht was ich ihm antworten soll. Ich atme langsam ein und aus, finde keine Worte.

Arne sieht mich an, wartet einen Augenblick ab. Dann blinzelt er einmal.

„Du denkst gerade nicht an mich, richtig?"

Es ist als wenn man eine Eimer Wasser über mir ausgegossen hätte. Was mache ich hier eigentlich? Ich weiss es nicht.

Ich mache eine hilflose Geste mir den Händen, muss mich aber sofort wieder an seinen Schultern festhalten. Dann schüttele ich den Kopf.

„Es tut mir leid!" flüstere ich. „Du bist sehr, sehr attraktiv Arne und das hier ist super aufregend, aber ich denke wirklich nicht an Dich!"

Arne guckt nachdenklich, blinzelt noch einmal. „Du möchtest das hier eigentlich gar nicht, oder? Zumindest nicht mit mir."

Ich schließe kurz die Augen. „Es tut mir so leid. Wirklich!"

Ich sehe die Enttäuschung in seinem Gesicht, aber er versucht die Fassung zu wahren. Er küsst mich flüchtig. „Das ist schon in Ordnung. Wir machen hier garantiert nichts, was Du nicht möchtest."

Der Mann ist süß und bitter wie dunkle Schokolade, facettenreich wie ein aromatischer Rotwein, trotzdem ist er nicht was ich jetzt gerade möchte.

Ich streich ihm nochmal über die Wange. „Danke Arne! Du bist wirklich aufregend und sehr attraktiv, aber das reicht mir irgendwie gerade nicht."

Er lächelt. „Ich kann mir schon vorstellen, mit wem Du Zeit hier verbringen möchtest." Er guckt nach links, wo Mika und Swen in je einem Sessel sitzen und verwirrt aussehen. Was immer sie sich hier vorgestellt haben, Arne und ich wissen, es wird nicht passieren.

„Hat Dich fest, dann lasse ich Dich runter."

Ich umfasse seinen Nacken und er zieht einen Arm unter meiner Kniekehle raus und umfasst meinen Po, damit ich nicht in Schräglage komme. Dann wiederholt er das mit dem andern Arm, bevor er mich langsam wieder auf den Boden runterlässt.

Einen Moment hält er mich noch fest, bevor er ganz sicher ist, dass ich stabil stehe.

„Es war wirklich schön, Dich kennen zu lernen, aber ich denke ich bin hier überflüssig." sagt Arne leise.

Ich gucke zu ihm hoch: „Danke schön! Ich fand es auch sehr aufregend, Dich oder besser: ‚Euch' kennen zu lernen."

Arne lächelt. „Wenn Du mal wieder Ludo spielen möchtest, lass es mich bitte wissen. Dann lass ich mir etwas ganz Besonderes für Dich einfallen und dann kannst Du das hier wieder gut machen."

Ich muss kichern, versetzt ihm einen keine Hieb gegen seinen Bauch. „Das denke ich mir!"

Mika tritt neben uns. „Ist etwas nicht in Ordnung?" er sieht immer noch verwirrt aus.

Ich schlinge meine Arme um seine Taille und lege meinen Kopf an seine Brust. „Jetzt ist alles in Ordnung."

Mika legt seine Arme um mich, ich vermute er tauscht einen fragenden Blick mit Arne. Aber dieser klopft ihm nur auf die Schulter und wünscht uns noch viel Spaß. Dann höre ich, wie er seine Kleidung zusammenrafft und mit Swen zusammen das Zimmer verlässt.

Mika streicht mir währenddessen mit den Händen über den Rücken, drückt mich sanft an sich und fragt leise: „Ist alles in Ordnung, Emma?"

Ich lächele, was er bestimmt an seiner Haut spürt. „Jetzt ja."

Er scheint eine unbestimmte Geste mit den Händen zu machen. „Ich dachte, Arne würde dir gefallen. Du hast mal erwähnt, dass Du große, starke Männer attraktiv findest."

Ich lockere meinen Griff und gucke zu Mika hoch. „Du hast recht: Arne ist unfassbar attraktiv, aber er ist nicht Du."

„Aha…" Mika guck mich an, streicht mir eine Strähne aus dem Gesicht. „Ich bin aber gar nichts Besonderes."

Ich blinzele, meine Fingerspitzen streicheln seinen Rücken. „Für mich schon!"

„Emma, Emma, Du verwirrst mich ganz schön!"

„Das will ich nicht hoffen, aber mal ganz ehrlich: Blos weil ein Mann extrem attraktiv ist, bedeutet das nicht, dass ich mit ihm ins

Bett gehe. Selbst wenn die Vorstellung spannend ist.

Mika sieht mich an, küsst mich sanft. „Du gehst mit mir ins Bett."

Ich lächele: „Dir kann ich ja auch einfach nicht wiederstehen."

„Oh Mann, Emma!"

Mika küsst mich lange, streichelt mir den Rücken und legt eine Hand in meinen Nacken. Genau das habe ich mir gewünscht! Es fühlt sich richtig an!

Mika sieht mich an. „Was machen wir den jetzt, so ganz alleine in diesem Schlafzimmer?"

Ich lächele. „Da fällt uns doch bestimmt was ein!"

Er lächelt zurück, lässt seine wundervollen Zähne aufblitzen und ich fühle mich großartig. „Da bin ich sogar ganz sicher."

Wir küssen uns, dann gehen wir zusammen ins Bett und vergessen für eine Weile die Welt auf der anderen Seite der Schlafzimmertür.

Irgendwann ziehen wir uns wieder an und gehen nach unten. Es ist spät geworden und durch die Fenster scheint nur noch das Mondlicht und eine kleine Kerze auf dem Esstisch spendet eine sanfte Beleuchtung. In deren Schein sehen wir Ole am Tisch sitzen und an einem Bier nippen.

Ich gehe zu Ihm und gebe ihm einen Kuss. „Hallo Schatz. Wartest Du schon lange?"

Ole lächelt zu mir hoch und antwortet: „Nein noch nicht so lange. Ich habe das Bier erst vor ein paar Augenblicken geöffnet." Er sieht zu Mika. „Ich hoffe, es war OK, dass ich am Kühlschrank war."

Mika nickt, geht selber zum Kühlschrank und nimmt sich auch ein Bier. Er sieht zu mir.

„Emma, was möchtest Du noch trinken?"

„Eine Cola Light bitte."

Mika nimmt die Getränke heraus und kommt zum Tisch zurück und stellt die Dosen auf den Tisch.

„Wo ist Freya?" frage ich und gucke Ole an. Er lächelt. „Sie schläft. Ich wollte sie nicht wecken." Ich lächele, das kommt mir irgendwie bekannt vor.

Mika und er stoßen mit den Getränken an. „Ich gehe mal davon aus, dass es ihr gut geht."

Ole nickt. „Davon darfst Du ausgehen."

Ich bin überzeugt, dass es ihr gut geht. „Das ist schön!"

Mika trinkt einen langen Schluck. „Möchtet Ihr heute Abend hierbleiben? Platz haben wir wirklich genug im Haus"

Ole tausch einen Blick mit mir, dann schüttelt er den Kopf. „Ich denke wir fahren gleich mal rüber."

Ich nicke zustimmend. „Vielen Dank für das Angebot Mika, aber die paar Meter schaffen wir noch." Ich nehme selber noch einen Schluck Cola. „Ihr wollt bestimmt morgen mal ein bisschen Ruhe haben. Immerhin müsst ihr Montag wieder arbeiten gehen."

„Ich würde mich auch über ein Frühstück zu viert freuen." flüstern Mika und guckt mich an.

Ich halte ihm meine Dose hin, damit er mit mir anstoßen kann, was er auch macht.

„Das glaube ich gerne, aber wenn ihr wirklich noch ein bisschen Gesellschaft möchtet, können wir ja morgen vielleicht etwas zusammen unternehmen."

„Guter Plan." sagt Ole. „Wir schicken mal eine WhatsApp, wenn wir wach sind."

Kurz darauf verlassen wir Mika und kehren in unser eigenes Haus zurück. Es ist nach Mitternacht, wir putzen uns die Zähne und wir gehen sofort ins Bett.

Sonntag, 15. Oktober – Schweden

Um kurz vor 8:00 Uhr stehe ich in der Küche und schiebe die ersten Toast-scheiben in den Toaster. Ole ist noch im Bad und ich decke den Esstisch.

Als Erstes habe ich heute früh zum Telefon gegriffen und ein vorsichtiges „Guten Morgen ☺" in die Gruppe gestellt. Mal sehen, ob und wann wir eine Antwort bekommen.

Ole kommt herein und kocht uns zwei Tassen Roibusch-Tee. Dann frühstücken wir. Als ich zum zweiten Mal in den warmen Toast beiße, melden sich unsere beiden Handys. Parallel greifen wir danach.

8:12 - Mika:

Wie spontan seid Ihr?

Ich tausche einen Blick mit meinem Mann, der aber auch nur unwissend auf sein Display blickt und mit den Schultern zuckt.

8:13 - Emma:

Sehr spontan! Warum?

8:14 - Mika:

Wir holen Euch in 10 Minuten ab.

Ich spucke fast den heißen Tee über den Tisch. "Das ist echt spontan." sage ich. Ole legt das Handy auf den Tisch. "Dann mal los. Abräumen, anziehen und los geht´s."

Ich nicke und tippe unsere Antwort "OK". Dann starten wir durch: Tisch abräumen, anziehen und Haare kämmen. Nach acht Minuten ziehen wir unsere Schuhe an und ich kontrolliere den Inhalt meiner großen Handtasche. Portmonee, Nagel-schere, Taschentücher, Deo und Asthma-Spray... alles drin. Wir sind fertig.

Ich greife meinen Duffelcoat und Ole nimmt die Kameratasche vom Buffet. Wir treten vor das Haus und sehen schon im nächsten Augenblick, den silbernen Japa-ner auf uns zukommen. Nils lässt einmal kurz die Scheinwerfer aufblitzen und ich muss sofort lachen. Als Antwort winke ich, Ole schüttelt schon wieder den Kopf, muss aber selber lächeln.

Wir steigen hinten in den Wagen und begrüßen uns alle.

Nils lächelt in den Rückspiegel. „Ihr seid wirklich spontan".

„Du hast doch nicht geglaubt, dass wir absagen, oder?" frage ich unschuldig.

„Nein, wir dachten uns schon, dass ihr zusagt, aber es musste schnell gehen."

„Das haben wir ja schon mal geschafft. Was mach wie denn jetzt?"

Freya lächelt und dreht sich zu uns um „Wir versuchen die nächste Fähre zu bekommen."

Ich bekomme den Mund einen Moment nicht mehr zu, Ole schluckt. „Wie bitte?"

„Ihr wolltet doch mal nach Schweden rüber und heute haben wir die Zeit für einen gemeinsamen Ausflug."

„Das ist genial!" sage ich und strahle. Mein Blick trifft Nils Augen im Rückspiegel.

Bis zum Hafen von Rönne sind es nur ein paar Minuten und die Schlage am Check-In ist überschaubar. Wir nehme die

Schellfähre und ich weiß, dass wir bis Ystad / Schweden nur etwa eine Stunde fahren werden.

Die Fähre legt um 9:00 Uhr ab und wir gehören zu den etwa zwanzig letzten Fahrzeugen, die auffahren dürfen. Kurz darauf stehen wir auf dem Außendeck und gucken zu wie wir den Hafen von Rønne verlassen. Nils steht neben mir an der Reling und ich lehne mich einen winzigen Augenblick gegen ihn.

Er lächelt. „Schön, dass das geklappt hat."

„Die Idee ist fantastisch." sage ich. „Was machen wir denn in Schweden? Bleiben wir in Ystad oder fahren wir irgendwo hin?"

Nils beugt sie ein wenig in meine Richtung. „Wir machen was ihr möchtet. Entweder Shopping in Ystad oder wir fahren ein bisschen in die Natur."

Ich gucke zu Ole rüber. „Was denkst Du? Shopping oder Natur?"

„Ich bin für die Natur aber ich weiß, dass Du Wandern nicht so magst. Also fallen größere Trekkingtouren wohl aus."

„Natur fände ich trotzdem super." Ich blicke zurück zu Nils uns Freya. „Kriegen wir irgendetwas im Grünen hin, ohne dass wir stundenlang herumlaufen müssen?"

Nils lacht. „Klar doch. Wir haben ja schon mitbekommen, dass Wanden nicht so Deine Lieblingsbeschäftigung ist."

„Tut mir leid, aber Wandern ist echt öde und fällt mir einfach schwer."

Nis guckt auf meine Leder-Stiefeletten. „Das sind auch keine Wanderschuhe, reichen aber für heute."

Ich gucke ihn herausfordern an. „Zum Reiten sind Zugstiefeletten perfekt."

Er lacht. „Das glaube ich gerne. Ich habe nur gerade kein Pferd für Dich da."

Ole mischt sich ein. „Da unser Frühstück etwas kurz ausgefallen ist, schlage ich vor, dass wir einen Abstecher ins Bistro unternehmen. Ich brauche einen Kaffee."

Wir finden die Idee alle gut und sitzen kurz drauf mit diverses Kaffeespezialitäten und Gebäck an einem Tisch im Lounge-Bereich.

Wir haben noch etwa 30 Minuten Zeit, dann müssen wir schon wieder runter zu dem Fahrzeug. Nils und Freya erzählen, dass sie sich direkt bei uns gemeldet haben, nachdem sie aufgewacht sind.

Sie wussten ja, dass wir noch einen Ausflug nach Schweden geplant hatten und da sind sie auf die Idee gekommen, mit uns zusammen zu fahren.

Wenig später rollen wir von der Fähre runter und fahren durch Ystad. Eine große Veränderung zu Bornholm kann ich erstmal nicht erkennen. Es gibt viele ältere, bunte, meist zweigeschossige Häuser. Man glaubt fast, durch Rønne zu fahren.

Wir lassen die Häuser hinter uns und die Landschaft verändert sich schlagartig. Überall Felder oder herbstlich gefärbte Bäume. Der Anblick ist atemberaubend und wunderschön. Ole und ich sitzen im Fond und halten Händchen. Ich spüre wie er mit seinem Daumen über meinen Handrücken streicht. Er ist auch völlig begeistert. Wir haben nicht umsonst mitte Oktober geheiratet. Die Natur packt da ihr ganzes Farbspektrum aus und zeigt was sie kann, bevor es in den Winterschlaf geht. Irgendwann möchte ich mal im Winter auf Bornholm sein. Ich bin von meiner Zeit in Thüringen ja harte Winter mit sehr viel Schnee gewohnt, aber ich vermute auf Bornholm wird es noch etwas extremer sein. Weihnachten auf der Insel ist bestimmt ein Traum. Vielleicht machen wir das ja irgendwann wirklich.

Heute ist der 15. Oktober, das bedeutet wir haben morgen Hochzeitstag. Ich hatte eigentlich geplant morgen mit Ole nach Schweden zu fahren, aber so ist es natürlich viel schöner. Vor allem kennen Nils und Freya sich hier aus. Die beiden sind ja regelmäßig in Schweden zum Einkaufen und Urlaub machen.

Wir fahren durch ein Waldstück und biegen irgendwann auf einen Parkplatz ein. Nils parkt und wir steigen aus.

„Unser Vorschlag: Hier in der Nähe gibt es einen kleinen See, um den man bequem in etwa einer Stunde einmal rum gehen kann. Danach gönnen wir uns ein Stück Kuchen in einem Cafe oder ein kleines Mittagessen und fahren anschließen an einen unserer Lieblingsstrände. Gegen 18:00 h können wir dann zurückfahren.“

„Das klingt doch gut." Sagt Ole und ich nicke zustimmend und ergänze: „Falls wir doch eher anderthalb statt einer Stunde für den See benötigen, sollte das ja auch kein Problem sein." Ole lacht, nimmt mich in den Arm und drückt mich kur. „Oh Schatz, du bekommst doch schon wieder Panik."

„Nur ein kleines bisschen. Wir laufen mal los und sehen dann mal, wie es läuft." Sage ich leise.

Ole schultert seine Kamera, ich nehme eigentlich nur Handy, Taschentücher und meine Asthma-Sprays mit. Die große Handtasche lasse ich im Auto. Wir laufen los.

Wie erwartet setzten sich Freya und Ole schnell ein wenig ab. Mir ist das recht, so habe ich Nils ein bisschen für mich alleine.

Ich lasse den Blick immer wieder durch die Baumwipfel streifen und genieße einzelne Sonnenstrahlen, die sich einen Weg durch das Blätterdach suchen und die Gräser und Farne am Boden zum Leuchten bringen.

„Es ist wunderschön hier." Sage ich.

Nils dreht sich mir zu und strahlt. „Ich hatte gehofft, dass es Dir hier gefällt."

„Lass mich mal raten: Ihr seid öfter hier, richtig?"

Er lacht. „Du bist gut… Ja! Wir sind hier oft und man kann von hier aus, auch größere Wanderungen starten. Der Weg um den See ist eher etwas für alte, gebrechliche Leute und Fußkranke."

„Ist schon klar!" Ich boxe ihm sanft in die Seite, muss aber selber kichern. Nils grinst und ich kann ihm an der Nasenspitze ansehen, dass er gern noch nachlegen würde.

Ich gucke einen Augenblick zu ihm hoch.

„Du solltest das nicht tun." sage ich.

„Was denn?"

„Mich immer so anzulächeln. Da kriege ich keinen klaren Gedanken mehr zusammen."

Nils stock einen Moment in der Bewegung, dann wird sein lächeln noch breiter. Ich rolle gespielt genervt mit den Augen. „Nieeels! Bitte!"

„Du magst mein Lächeln?"

„Das habe ich gar nicht gesagt. Ich sagte, dass ich keinen klaren Gedanken mehr zusammen bekomme."

„Aha. Und was ist, wenn ich dich küsse?"

Ich lächele. „Dann geht die Welt unter."

Nils lacht und legt seinen Arm um mich. „Du bist echt süß Emma!"

„Stimmt, ich habe Diabetes!"

Nils lacht so laut, dass sogar Ole und Freya sich verwundet zu uns umgucken. Ich winke ab und rufe. „Alles gut hier hinten. Ich versuche nur lustig zu sein."

Nils bleibt stehen und zieht mich an sich. „Ich bin wirklich sehr froh, dass wir uns kennengelernt haben."

„Ich auch." Flüstere ich und streiche mit meinen Händen über seine Arme.

„Tu mir bitte einen Gefallen Emma!"

Ich blinzele. „Was denn?"

„Verliebe Dich bitte nicht in mich."

„So dumm bin ich nicht!" sage ich und meine es auch so. „Aber ein bisschen anhimmeln darf ich Dich schon, oder?"

In seinem Gesicht zuckt es, dann küsst er mich einen Augenblick lang. „Du darfst auch von mir träumen."

Ich lächele zu ihm hoch. Wenn der Mann wüste wie oft ich das schon mache!

Ich lächele und klopfe ihm auf den Arm, damit er mich wieder loslässt. Dann gehen wir langsam weiter.

Ja, in diesen Mann könnte ich mich sofort verlieben, aber ich möchte meine Leben mit Ole ja gar nicht aufgeben! Sich zu verlieben ist einfach, aber zu lieben und in einer festen Beziehung zu leben bedeutet viel Arbeit und Verantwortung zu übernehmen. Von beiden! Mit Ole führe ich das Leben, von dem ich immer geträumt habe. Wir lieben uns und haben uns völlig aufeinander eingestellt.

Bei Ole kann ich so sein, wie ich immer sein wollte und er akzeptiert mich mit all meinen Ecken uns Kannten. Wie sagt man doch? ‚In guten wie in schlechten Tagen'. Das stimmt bei uns wirklich! Zum Glück erleben wir überwiegend sonnige Tage, aber es gab auch sehr dunkle Zeiten, meinetwegen. Konstant ist nur, dass wir immer fest zu einander stehen. Die restliche Welt kommt erst danach.

Wir sind ehrlich zueinander, fördern unsere Interessen und arbeiten sogar erfolgreich beruflich zusammen ohne dabei in Konkurrenz zueinander zu stehen.

Ich möchte mein Leben nicht mit einem anderen Partner an meiner Seite führen. Egal wie lieb dieser schöne Däne neben mir ist. Ich mag ihn und ich verbringe wirklich gerne Zeit mit ihm, aber ich würde das sofort beenden, wenn es für Ole nicht mehr in Ordnung ist.

Jetzt im Moment bin ich in der glücklichen Lage, dass ich beides habe. Ole und Mika!

Ich spüre wie Mika mir sanft mit der Hand über den Rücken streicht und lächele vor mich hin.

Ich fühle mich gerade sauwohl. Das Wetter ist toll, die Natur ist wunderschön, die Begleitung fantastisch und sogar das

Laufen um den See fällt mir heute überraschend leicht. Mehr brauche ich gerade gar nicht um glücklich zu sein.

Ich beobachte Ole dabei, wie er sich immer mal wieder vom Weg entfernt um ein Insekt einen Vogel oder sonst ein besonders schönes Objekt vor die Linse zu bekommen. Zudem scheint er sich mit Freya gut zu verstehe, denn die beiden unterhalten sich lebhaft miteinander. Freya scheint sich hier auch gut auszukennen, was bestätigt, dass Nils und sie wahrscheinlich häufiger hier sind.

Wir kehren nach einer guten Stunde zu dem Wagen zurück. Ich bin zufrieden, habe auch kein extra Spray benötigt. Der Tag fängt wunderbar an.

Von hier aus fahren wir zu einem kleinen Cafe, in dem wir uns ein paar schwedische Gebäckspezialitäten wie Zimtschnecken, Karottenkuchen, Prinsesstarta, Kladdkaka und Spandauer schmecken lassen. Da jeder von uns gerne alle Kuchen probieren möchten, teilen wir jedes Gebäck in vier Teile und teilen alles untereinander. Dazu trinken wir heißen Kaffee und Tee. Das Leben kann so köstlich sein.

Wir verstehen uns prächtig. So wie Freunde sich verstehen sollten. Es ist kaum zu glauben, dass wir die beiden erst seit dem Sommer kennen und wir uns nur ein paar Mal bisher gesehen haben. Ich habe das Gefühl die beiden schon ewig zu kennen.

Als nichts mehr in uns reinpasst ist es etwa 13:00 Uhr. Wir beschießen zum Strand zu fahren, den wir etwa zwanzig Minuten später erreichen. Das Wetter ist gut und ein Strandbesuch ist jetzt genau das richtige an diesem schönen Tag.

Wir fahren in die Nähe von Ystad zurück und finden eine schöne menschenleere Bucht. Ich bin begeistert. „Wunderschön!" stelle ich fest und lächle Mika an. „Und wir haben den ganzen Strand für uns alleine."

Mika zieht die Augenbrauen hoch. Er weiß etwas und überlegt offensichtlich wie er es in Worte fassen soll. „Wir haben keine Hochsaison mehr und bei nur etwa 8-10 Grad Wassertemperatur ist den meisten Menschen auch nicht mehr unbedingt nach FKK Baden."

Ich gucke ihn an, lasse die Info kurz sacken. „FKK Baden?"

Er lächelt. „Ja – FKK."

„Du meinst, dies ist ein Nacktbadestrand?"

Er nickt. „Üblicherweise schon, aber um diese Jahreszeit kommen nur noch die ganz Hartgesottenen hier her."

Ich bekomme den Mund kaum noch zu. „So Leute wie ihr?"

Er lacht. „Wir kennen diesen Strand gut, aber meist fahren wir noch ein ganzes Stück nördlicher. Da ist der Strand wesentlich größer."

„Aha." sage ich leise. „Ich muss jetzt aber nicht direkt aus meinen Klamotten springen, oder?"

Mika lächelt. „Wenn Du das möchtest, werde ich Dich bestimmt nicht aufhalten."

Meine linke Handfläche trifft seinen Arm und ich muss ein Lachen unterdrücken. „Träum weiter!"

Er steckt mir kurz die Zunge raus und grinst wie ein kleiner Junge, der eine extra große Portion Eis in der Hand hält.

Mein nächster Schlag ist etwas fester als der letzte. Er mag es mich zu provozieren.

Ich muss lachen und schüttele den Kopf. „Ein Nacktbadestrand – war ja klar!"

Ole und Freya lachen auch, ich vermute einfach mal, wir lassen unsere Kleidung heute an… alle!

Freya erzählt, dass es am Ende der Bucht ein kleines Naturschutzgebiet und ein paar atemberaubende Felsformationen gibt. Ole will da natürlich sofort hin und läuft los.

Ich drehe mich in die angegebene Richtung und spüre, wie Mika mich am Ellenbogen festhält. Ich gucke ihn an und er schüttelt leicht den Kopf. Wir zwei bleiben wohl hier!

Ich warte einen Augenblick, aber Mika sieht nur unseren Ehepartner hinterher, die sich immer weiter entfernen.

„Ich vermute mal, Du möchtest Dir die Felsen nicht angucken, oder?" frage ich irgendwann.

Er guckt zu mir runter, hält immer noch meinen Arm fest und hat schon wieder dieses glitzern in den Augen. „Auf gar keinen Fall!"

Dann dreht er sich um und zieht mich ein paar Meter von Strand weg, in Richtung Dünen. Wir suchen uns eine bequeme Mulde im Sand, die von etwas längeren Gräsern geschützt liegt. Sollen Freya und Ole doch bis heute Abend ihre Fotos machen. Ich kuschele mich derweil im warmen Sonnenschein an Mika und lasse mich küssen.

Der Sand ist warm, trotzdem bin ich froh, dass wir auf den dicken Jacken liegen. Mika Hände verirren sich unter meine Bluse, berühren meine nackte Haut. Ich muss lächeln und streiche mit den Händen über sein Gesicht und durch seine Haare.

Der Mann ist süß, lecker und verführerisch. Ich hoffe trotzdem, dass er nicht auf die verrückte Idee kommt hier Sex haben zu wollen. Ich überschreite für diesen Mann ja gerne mal meine Grenzen, aber ‚Sex in der Öffentlichkeit' steht nicht ganz oben auf meiner Wunschliste. Nachts würde ich das (abgesehen von der Kälte) ja vielleicht in

Erwägung ziehen, aber tagsüber kommt das garantiert nicht in Frage. Hier kann jederzeit jemand vorbeikommen, schlimmstenfalls werden wir sogar von Freya und Ole erwischt. Das brauche ich wirklich nicht.

Wir küssen uns lange und verschlingen unsere Beine ineinander. Irgendwann liegen wir einfach nur noch im Sand und entspannen uns. Die Sonne scheint warm auf uns herab und der Tag ist mit etwa 15 Grad sehr angenehm.

Wir bleiben beide still liegen und genießen einfach nur den Augenblick. Ich frage mich ob und wie das mit uns vieren weitergeht wird. Dass Ole uns ich mehr Zeit auf Bornholm verbringen möchten, haben wir ja schon besprochen. Allerdings hat das nicht nur mit Freya und Mika zu tun. Mir tut das Klima hier sehr gut und wir sind schon immer gerne am Wasser gewesen. Davon gibt es auf Bornholm genug. Sogar einen deutschsprachigen Arzt gibt es auf der Insel.

Leider ist Dänemark generell kein besonders günstiges Pflaster. Wenn man nicht reich ist, braucht man schon eine gute Idee um hier seinen Lebensunterhalt zu finanzieren. Zudem muss man bedenken, dass das Leben auf Bornholm jahreszeitenabhängig sehr unterschiedlich ausfällt.

Im Sommer kann man mit Touristen, vor allem deutsche Touristen, rechnen. Im Winter wird die Insel recht isoliert sein und das Wetter ist bestimmt oft heftig. Wenn man dann jeden Tag zur Arbeit fahren muss, kann das schnell schwierig werden.

Ole und ich sind kontaktfreudige Menschen und versuchen gerade in bisschen Dänisch zu lernen. Aber für ein Berufsleben benötigt man wohl mehr, als rudimentäre Sprachkenntnisse, außer man ist Aushilfe in einer Spülküche.

Langfristig kann ich mir das aber nicht vorstellen. Also müssten im Sommer die deutschen Touris ran!

Ole und ich kochen gut, aber ich verlasse mich nicht darauf, dass deutsche Touristen auf Bornholm massenweise Thüringer Rostbratwürstchen oder Grillhaxe mit Püree und Sauerkraut essen möchten. Das würde wahrscheinlich nix werden.

Alternativ könnte man ein Haus mit einer integrierten Ferienwohnung oder zumindest ein oder zwei Fremdenzimmern anbieten. Als gastgebende Hauswirtin, würde ich bestimmt eine gute Figur machen. Zudem könnte ich Marmelade kochen und mit Kuchen und Eiern in einem Regal an der Straße anbieten. Das macht gefühlt die halbe Insel so. Entweder hat man einen Garagentrödel oder einen Stand mit Geschirr und Marmelade an der Straße stehen. Davon kann man zwar nicht leben, aber zumindest die Haushaltskasse etwas aufbessern.

Ich merke, dass ich mich in Tagträumen verliere. Ich muss lächeln, während meine rechte Hand über Mikas Brust streicht. Es wäre wirklich eine schöne Vorstellung mehr Zeit auf Bornholm zu verbringen. Trotzdem müssen wir ein bisschen vernünftig bleiben! Wer weiß, was Freya und Mika von unseren Auswanderungsträumen halten? Wahrscheinlich würde das einen Schockzustand auslösen.

Unsere Freundschaft und vor allem auch diese sehr spezielle Beziehung untereinander könnte leicht daran zerbrechen.

Aktuell bin ich froh, dass die beiden unsere aktuelle Ferienhauswahl, in ihrer direkten Nachbarschaft, so locker nehmen.

Also wird alles wohl erstmal so bleiben, wie es aktuell ist. Wir werden vor allem im Sommer mindestens 2 Woche pro Jahr auf Bornholm verbringen. Mit ein bisschen Glück werden wir einige Tage davon mit Freya und Mika verbringen, wenn sie das auch wollen und sich Zeit für uns nehmen.

Irgendwann setzten wir uns wieder hin und halten uns nur noch ein bisschen an den Händen. Ich mag diesen Mann, aber er ist nicht der Mittelpunktmeines Lebens.

Mika weiß, dass ich ihn einfach gerne ansehe und freue mich, dass er sich Zeit für mich nimmt. Wir mögen uns, das ist unübersehbar. Aber das hier ist nur ein sehr kleiner Teil meines Lebens. Wie eine Seifenblase, die mit dem Rest der Welt nichts zu tun hat und leider auch sehr fragil und zerbrechlich ist. Noch schweben wir regelmäßig durch unser persönliches Glücks-Universum, aber das kann auch jeden Augenblick zu Ende sein.

Ich hoffe Mika sieht das ähnlich wie ich...

Ich würde gerne so viel Zeit wie möglich mit ihm verbringen, aber wir haben uns in dieser ersten Woche jetzt schon so oft gesehen, dass ich befürchte das könnten hier erstmal unsere letzten Minuten zusammen sein. Danach sehen wir uns erst in acht Monaten wieder.

Morgen ist Montag und die beiden müssen wieder arbeiten gehen. Im Sommer haben wir Freya in der zweiten Woche gar nicht mehr getroffen. Das könnte jetzt auch passieren und das obwohl sie und Ole sich jetzt deutlich besser verstehen und anscheinend auch gerne Zeit mit einander verbringen. Ich muss ihn mal fragen, was genau die beiden eigentlich machen, wenn sie alleine sind.

Mika streicht mir eine Strähne aus dem Gesicht. Ich war so in Gedanken, dass ich das erst mitbekomme, als seine Fingerspitze meine Haut berührt. Darum zucke ich leicht zusammen.

„Du siehst gerade so nachdenklich aus. Woran denkst Du?"

Ich lächele ihn an. „Du hast Recht, ich war gerade ganz weit weg."

„Aber Du scheinst an einem traurigen Ort gewesen zu sein."

„Ganz so schlimm war es gar nicht. Ich habe aber gerade darüber nachgedacht, ob wir Euch nochmal sehen, bevor wir Bornholm wieder verlassen."

„Das sind aber ganz schön düstere Gedanken an so einem wunderschönen Nachmittag."

Ich lehne mich an den blonden Mann, der mich sofort in seine Arme nimmt und sich an mich schmiegt. So könnte ich hier noch eine Weile sitzen bleiben. Meine Antwort murmele ich daher in seine Jacke.

„Stimmt, aber wir müssen ehrlich bleiben. Ihr müsst arbeiten gehen und Samstagfrüh geht es für uns doch schon wieder nach Hause."

Mika streich mir über die Haare. „Das ist aber noch fast eine Woche hin."

„Fünf Tage sind echt kurz."

Mika lacht leise: „Aha, jetzt bekomme ich mal eine weniger strahlende Seite von Dir zu sehen."

„Hej, ich bin depressiv! Es liegt in meiner Natur mir düstere Gedanken zu machen."

Mika legt eine Fingerspitze an mein Kinn und dreht meinen Kopf in seine Richtung. „Nicht, wenn Du bei mir bist!" Dann küsst er mich.

Mein Gehirn setzt aus. Er hat Recht, was interessiert mich morgen, wenn ich jetzt und hier mit ihm im warmen Sand sitze. Scheiß drauf!

„Wir werden uns nochmal sehen, bevor ihr abfahrt. Ich verspreche es!" flüstert er und ich weiß, dass das auch so meint.

Wir bleiben noch eine Weile eng aneinander gekuschelt sitzen. Dann sehen wir irgendwann Ole und Freya über den Strand zurückkommen. Sie unterhalten sich angeregt und man kann deutlich erkennen, dass beide sich nähergekommen sind. Das ist kein Vergleich mit dem letzten Sommer. Und sie berühren sich auch Körperlich: Als Freya über irgendetwas lacht, nimmt Ole sie ganz selbstverständlich in den Arm. Irgendeine Bindung ist da entstanden. Schön für ihn! ...und für Freya!

Mika hat ja angedeutet, dass Freya einen guten Freund und etwas Entspannung gerade gut gebrauchen kann. Mit Ole hat sie genau den richtigen Partner dafür!

Ich streiche Mika über die Hand und er verschränkt sein Finger sofort mit meinen. „Ich glaube bei den beiden hat sich was entwickelt." sagt er leise.

„Das denke ich auch." Und ergänze: „Ole ist ein toller Mann, er wird ihr nicht wehtun."

Mika guckt mich an. „Er ist überhaupt nicht der Mann, für den Freya sich sonst so interessiert. Aber er ist wirklich super lieb und er gewinnt durch seine Beharrlichkeit und Präsenz. Das freut mich!"

„Ja mich auch – für beide!"

Wir stehen auf und Mika hilft mir den Sand auf meiner Jack zu klopfen. Dann gehen wir den beiden entgegen.

Freya und Ole erzählen wie schön das Naturschuttgebiet war, ich vermute aber, sie haben dort nicht nur Fotos gemacht. Ich bin gespannt, ob Ole mir später etwas erzählen wird.

Jetzt geht es aber erstmal zurück zum Auto und dann gegen 18:00 h wieder rauf auf die Fähre nach Bornholm. Wir gönnen uns an Bord noch ein paar heiße Getränke und sind gegen 19:30 Uhr wieder vor unserem Ferienhaus. Wir laden die beiden noch auf ein paar Getränke ein, aber sie möchten nach Hause. Darum rechnen wir noch die Kosten ab und verabschieden uns mit vielen Umarmungen.

Wir verabreden uns nicht, planen aber uns sofort zu melden, wenn wir eine Idee für ein neues Treffen haben.

Wieder im Ferienhaus macht Ole uns zwei alkoholische Cocktails. Pina Colada für mich und Cuba Libre für sich selbst.

Wir setzen uns zusammen auf die Couch, immerhin ist der Abend noch jung. Ich hebe das Glas und Proste ihm zu. „Auf diesen schönen Tag."

Ole stößt mit mir an und antwortet: „Auf einen wundervollen Tag!"

Wir trinken und stellen die Gläser auf dem Tisch ab. Ole guckt mich an. „Das war ja mal eine spontane Reise."

Ich lache. „Ja, das war sogar für meine Verhältnisse spontan. Aber schön war´s trotzdem."

„Davon gehe ich mal aus."

„Das sagt der Richtige! Du und Freya versteht euch ja offensichtlich auch viel besser als im Sommer."

Ole lächelt und trinkt einen weiteren Schluck. „Das stimmt wohl."

„Und?"

Ole guckt mich an. „Und… was?"

Ich rolle mit den Augen. „Jetzt lass Dir doch bitte nicht jeden Wurm aus der Nase ziehen."

Ole lehnt sich zurück. „Was möchtest Du denn wissen?"

„Na was wohl? Magst Du Freya? Mag sie Dich? Habt ihr vorhin wirklich nur die Felsen fotografiert?"

„Du bist aber ganz schön neugierig."

„Ja, bin ich! Immerhin weißt Du ja auch, wie es zwischen mir und Mika bestellt ist.

„Du hast Recht! Also was möchtest Du wissen?"

Ich nippe an meinem Cocktail. „Alles!"

Ole lacht und nickt. „Also gut: Ich mag Freya und sie mag mich auch."

Ich blinzele, kommt da noch was? Ole schweigt und trinkt.

„Das war´s schon?" Ich fuchtele mit einer Hand vor seinem Gesicht herum. „Das kann doch noch nicht alles gewesen sein."

Ole lächelt, dreht das Glas in seinen Händen. „Nein, das ist nicht alles! Ich glaube ich bin einfach nicht ihr Typ, aber sie mag mich und wird immer lockerer, wenn wir zusammen sind. Sie entspannt sich zunehmend und ich finde das großartig."

„Das glaub ich Dir. Was ist mit den Massagen?"

„Die haben stattgefunden… und bevor Du fragst, beim ersten Mal ist es wirklich nur bei der Massage geblieben. Der ‚Schlüppi' blieb die ganze Zeit an! Irgendwann ist sie dann eingeschlafen und ich fand das voll in Ordnung."

„Ja. Das passt zu Dir."

Ole guck mich an, sagt aber nichts.

„Kommt da noch was?" frage ich.

„Was denn noch?"

„Ole! Du weißt immerhin auch, dass ich Sex mit Mika hatte. Also erzähl was."

„Klar weiß ich das. Ich war beim ersten Mal ja auch live dabei mein Schatz." Sagt er schmunzelnd.

„Sehr komisch! Aber das ist ja auch schon ein paar Monate her."

„Also gut." Sagt Ole und stellt sein Glas ab. „Bei der zweiten Massage ist es nicht nur beim Rücken geblieben. Freya war überrascht, dass ich sie gar nicht unter Druck gesetzt habe und auch keine Gegenleistung erwartet habe. Jetzt haben wir eine völlig andere Beziehung zuein-ander."

„Aber ihr habt noch keinen Sex mitein-ander, richtig?"

Ole lächelt. „'Sex' ist ein sehr dehnbarer Begriff, wie Du weißt."

„Ja, das weiss ich und solange ihr beide mit der Situation zufrieden seid, ist ja auch alles in Ordnung."

„Ich denke wir kommen beide auf unsere Kosten und haben ein bisschen Spaß dabei."

„Möchtest Du mehr?"

„Ich möchte, was Freya möchte. Ich mag sie und Du weißt, dass es mir nicht primär um ‚Hardcore' geht. Ich werde mich hüten, ihr Vertrauen zu missbrauchen oder zu viel Druck zu machen."

Ich stoße mit meinem Glas an den Rest seiner Cuba Libre. „Du bist ein guter Mensch Ole und ein ganz toller Mann!"

Er guckt mich an. „Ich gebe mein Bestes."

„Und Du bist mein Mann! Darum gehen wir jetzt Duschen und ins Bett. Ich hatte heute nämlich auch noch keinen Sex und habe noch ein bisschen Bedarf."

„Oh… soll ich Mika anrufen?"

Ich gucke abschätzend an ihm hoch und runter. „Nein, ich nehme erstmal was gerade verfügbar ist." Damit stehe ich auf und gehe an ihm vorbei.

Seine Hand landet lautstark auf meinem Hintern. „Freches Weib!" Lacht er und steht auch auf. Ich drehe mich um, gehe rückwärts weiter. „Ich bin ein freches Weib? Ganz sicher?"

Ole zieht sich sein Shirt über den Kopf, wirft es auf das Sofa „Auf jeden Fall. Und wenn ich Dich unter der Dusche erwische, wirst Du schnell feststellen, was ich mit frechen Frauen mache."

Ich lache. „Na, das will ich doch hoffen!"

Eine Minute später stehen wir unter dem warmen Wasser und seifen uns gegenseitig ein. So kann der Abend gerne weitergehen.

„Guten Morgen" flüstert Ole mir in ein Ohr und ich öffne verschlafen meine Augen. Es ist schon hell, ich habe wahrscheinlich länger geschlafen, als sonst.

Es ist gestern ja auch noch recht spät geworden, darum kann sowas mal passieren, auch wenn ich normalerweise vor meinem Mann erwache.

„Frühstück ist fertig!" ergänzt er und gibt mir einen flüchtigen Kuss auf den Kopf. Dann verlässt er das Schlafzimmer. Ich strecke mich, stehe auf und gehe ins Badezimmer. Dann ziehe ich mir ein weites Kleid über und gehe in die Küche. „Guten Morgen!" Sage ich gähnend und gebe Ole einen liebevollen Kuss.

„Alles Gute zum Hochzeitstag!" Sage ich und gucke auf den schon vollständig gedeckten Frühstückstisch.

„Du hast schon Frühstück gemacht!" Stelle ich erfreut fest. „Und es riecht hier so gut."

Ole lacht und öffnet den Backofen. Dann nimmt er heiße Schokoladencroissants aus

dem Ofen und legt sie auf einen Suppen-
teller.

„Oh mein Gott!" Mir läuft bei dem Anblick
das Wasser im Mund zusammen. „Du bist
fantastisch."

„Ich weiß doch, wie ich Dich begeistern
kann. Was möchtest Du trinken? Kaffee,
Cappuccino oder Tee?"

Ich setzte mich. „Gerne eine Latte."

Ole dreht sich zu mir um, guckt an sich
runter und fragt: „Wo soll ich die denn jetzt
herzaubern?"

Ich lache und werfe eine Servierte nach
ihm. „Verrückter Kerl! Du weißt doch genau
was ich will!"

„Eben!" Sagt er grinsend und greift zum
Wasserkocher für seinen Tee. Drei
Minuten später sitzen wir beide am Tisch
und essen.

„Es tut mir leid, dass ich ausgerechnet
heute so lange geschlafen habe."

„Das macht nichts, ich wollte dich mit dem
Frühstück sowieso gerne überraschen."

„Das ist Dir wirklich gelungen." Ich lächele und streiche mit meinen Fingerspitzen über seine Hand.

Er sieht mich an. „Was machen wir denn heute? Immerhin haben wir Hochzeitstag, da möchte ich irgendetwas unternehmen."

Ich überlege einen Moment. „Also ich denke ich möchte heute auf jeden Fall ein großes Krölle-Bölle in Dueodde."

Ole nickt. „Gute Idee! Das machen wir auf jeden Fall und ein Eis geht bei uns ja immer!"

„Ich wundere mich jedes Mal, dass Du hier so gerne Softeis isst. In Deutschland machst Du da einen großen Bogen drum."

„Die Pampe bei uns ist mit dem Eis hier auch nicht vergleichbar. Was noch?"

„Ich würde gerne in den Kvickly in Rønne. Erst zum Bäcker, dann in den Supermarkt und vor allem noch oben in den Second-Hand Store."

„Ist auch gebongt, denn das hatte ich auch schon geplant."

„Hast Du sonst noch was auf deiner Wunschliste?"

Ole guckt mich an. „Schweden stand ganz weit oben, aber das haben wir ja gestern schon gemacht, darum denke ich nicht, dass Du da heute nochmal hinmöchtest."

„Stimmt. Schweden hatten wir gestern. Noch irgendwelche Ideen?"

„Wir könnten einen halben Tag im Schwimmbad verbringen."

Ich lege den Kopf schief, denke kurz nach. „Klingt super, aber da wir heute schon ein paar andere Dinge machen wollen, lohnt sich das eigentlich nicht. Das können wir doch morgen oder Mittwoch machen. Dann haben wir den ganzen Tag Zeit."

„Einverstanden! Wellness wird heute gestrichen. Was ist mit Grillen heute Abend?"

Ich bin überrascht und begeistert zugleich. „Prima Idee! Wenn wir sowieso bei Kvickly sind, finden wir bestimmt auch ein bisschen Grillfleisch."

Ole lacht. „Davon ist auszugehen. Ich meine mich zu erinnern, dass es in dem Supermarkt auch irgendwo Fleisch gibt."

„Hoffen wir das mal, sonst essen wir heute nur Salat und trockene Kartoffeln."

„Auch lecker, ist aber unwahrscheinlich." sagt er und wir beginnen den Tisch abzuräumen. Wir sind mit dem Frühstück fertig.

Danach ziehen wir uns um und starten den Tag. Zuerst fahren wir einkaufen. Genau in der geplanten Reihenfolge: Bäcker, Supermarkt und Second-Hand Shop. In Letzterem finde ich noch eine schöne Bluse, die Ole mir schenkt.

Mittags gönnen wir uns eine ‚Rødpolse', eine der berühmten roten Würstchen im Brot und mit Sennep, also Senf. Lecker!

Danach bringen wir die überraschend üppigen Einkäufe in das Ferienhaus und fahren nach Dueodde. Zuerst an den Eiskiosk, anschließend bummeln wir Hand in Hand noch ein bisschen an dem wenig besuchten Strand entlang. Touristen gibt es zu dieser Jahreszeit glücklicherweise wenig.

Am späten Nachmittag kehren wir in das Ferienhaus zurück und beginnen mit den Vorbereitungen für das Abendessen. Das Wetter ist gut und wir beschließen, draußen den Grill anzuwerfen, statt das Fleisch nur zu braten. Gegrillt schmeckt Fleisch einfach besser!

Die Folienkartoffeln koche ich vor, die vier Maiskolben lassen ich in reichlich Butter langsam braten. Ich stelle Geschirr, Kräuterquark und diverse Saucen auf den Tisch und bin dann eigentlich mit den Vorbereitungen fertig. Ich geh nach draußen und sehe, dass Ole den Grill schon einsatzbereit vorgeglüht hat.

„Du hast noch gar kein Fleisch drauf." Stelle ich überrascht fest.

Er nickt. „Stimmt, ich habe noch gewartet."

„Worauf?"

Ole guckt mich an und lächelt. „Dreh Dich mal um!"

Ich drehe mich um und gucke direkt in einen großen, bunten Blumenstrauß.

„Alles Liebe zum Hochzeitstag!"

Nils streckt mir die Blumen entgegen und lächelt. Freya steht daneben und hält eine Flasche Weißwein hoch. „Überraschung."

Ich gucke von einem zum anderen. „Das hat mit der Überraschung hat ja mal funktioniert. Was macht ihr denn hier?"

„Ehrlich gesagt haben wir Hunger." sagt Mika. Er sieht müde aus, kommt wahrscheinlich gerade von der Arbeit.

Ich überwinde meine Schockstarre und umarme erst Freya, dann Mika zur Begrüßung und stelle die Blumen in eine Vase. Die Männer legen jetzt das Fleisch auf den Grill und Freya sucht in der Küche nach Weingläsern. Da der Wein vorgekühlt ist, können wir ihn direkt einschenken und stoßen draußen alle miteinander an.

Mit einem Wiedersehen hatte ich so schnell nicht gerechnet, freue mich aber sehr, die beiden wieder hier zu haben.

Mika guckt mich über das Weinglas hinweg an. „Freust Du dich?"

Ich rolle mit den Augen. „Natürlich nicht!" wobei ich ihn anstrahle. „Das war ganz schön gemein!"

Er schluckt den Wein runter. „Was meinst Du?"

„Sich ganz leise mit einem Elektroauto anzuschleichen. Ein ‚normales' Auto hätte ich bestimmt gehört."

Er zeigt mir seine Zähne. „Ich schäme mich später."

Hat er mir da gerade wirklich ganz kurz die Zunge rausgestreckt. Böser Mann!

Ich schüttele den Kopf und gehe an ihm vorbei. Ole ist mit dem Fleisch fast fertig und ich hole eine Platte für das Fleisch aus dem Haus.

Freya spricht mich an. „Ich sage es lieber gleich, aber wir könne nicht ewig bleiben. Unser Wecker geht morgen früh schon wieder um 5:00 Uhr."

Ich gucke aufs Handy, es ist jetzt 18:34 Uhr.

„Es ist ja noch früh, ich denke wir können in Ruhe Abendessen, oder?"

Sie lacht. „Natürlich, ich wollte das nur erwähnen."

„Ich habe das auf dem Schirm. Ich denke wir beginnen jetzt mit dem Abendessen."

Wir setzten uns zu Tisch und ich erhebe nochmal mein Glas. „Ihr Lieben, ich bin sehr froh, diesen Abend mit Euch teilen zu dürfen. Ich gehe mal davon aus, dass ihr Euch hinter meinem Rücken abgesprochen habt und muss sagen, die Überraschung ist Euch echt gelungen. Ich freue mich wirklich sehr."

Ich streiche Ole seitlich über das Gesicht. Er sieht sehr selbstzufrieden aus und lächelt. „Jetzt lasst uns bitte anfangen, bevor es kalt wird."

Wir essen bei geöffneter Terassentür. Cocktails gibt es heute nicht, Mika und Ole wechseln nach einem Glas Wein zu alkoholfreiem Bier, Freya zu Wasser und ich zu Cola Light. Dieses Mal sitzt Ole neben mir, Freya und Mika uns gegenüber. Ich spüre seinen Fuß an meinen Beinen und muss mir ein Lachen verkneifen, wenn er seinen Fuß bewegt. Der Mann ist unglaublich!

Spätestens wenn einer von uns an seinem vor Butter tropfenden Maiskolben knabbert, müssen wir alle lachen. Die Stimmung ist fantastisch, das Essen lecker und wir verstehen uns mal wieder prächtig.

Gegen viertel vor acht, beenden wir das Essen und räumen alles weg.

„Wollt ihr jetzt schon gehen?" fragt Ole und bietet Mika im gleichen Satz auch noch ein Bier an. Freya guckt auf die Uhr. „Also von mir aus, können wir noch bleiben."

„Prima." Freue ich mich. „Wie wär's mit einer Runde Kniffel… äh, ich meine YATZY."

Freya blinzelt, guckt einen Moment überrascht. „Die Klamotten bleiben an."

Ich lache. „Auf jeden Fall!"

Mika zuckt nur mit den Schultern. Er würde wohl auch gerne wieder blankziehen.

Wir spielen klassisch mit fünf Würfeln, nicht die Sonderedition mit sechs Würfeln.

Es läuft wie immer: ich liege hinten. Wahrscheinlich kann ich mich in Mika´s Nähe einfach nicht konzentrieren.

Ist ja auch egal, heute gibt es keinerlei Strafen. Also kann ich mich lieber darauf konzentrieren, wie lange sich unsere Finger berühren, wenn Mika mir die Würfel reicht. Er macht es mir nicht leicht. Mal zieht er die Hand im letzten Moment zurück, wechselt spontan die Richtung oder hält sich die Würfel über den Kopf. Kurz: Wir albern mehr rum, als uns auf das Spiel zu konzentrieren. Ole schüttelt schon wieder den Kopf und tauscht vielsagende Blicke mit Freya. Trotzdem bleibt die Stimmung entspannt und lustig.

Gegen 21:30 Uhr beschließen wir den Abend zu viert zu beenden. Die beiden Dänen müssen schließlich morgen arbeiten.

Ich betone nochmal, wie sehr ich mich über den spontanen Besuch gefreut habe. Wir umarmen uns alle an der Tür und bevor es mir recht bewusst wird, spüre ich Mika´s Lippen auf meinen.

„Gute Nach Emma!"

Ich starre ihn einen Moment an. „Danke, das wünsche ich Dir auch!"

Dann sind die beiden schon wieder weg.

Ole schließt die Haustür und lacht. „Da hat sich jemand aber noch einen ‚Gute Nacht Kuss' abgeholt!"

Ich strahle. „Wohl eher bekommen."

Er guckt mich an. „Das sind doch nur Wortklaubereien. Auf jeden Fall bist Du glücklich."

„Ja, dank Dir! Ich hatte wirklich nicht damit gerechnet, die beiden heute Abend zu sehen."

„Das habe ich mit Freya gestern schon abgesprochen. Mika mussten wir ja eh nicht erst fragen. Der sagt zu allem ‚Ja', Hauptsache er ist in Deiner Nähe."

Ich stelle mich vor Ole und schlinge meine Arme um seine Mitte. „Ich vergesse aber trotzdem nicht, dass wir beide heute Hochzeitstag haben!"

„Schön, dass Dir das bewusst ist." Sagt er und nimmt mich auch in die Arme. „Das erhöht meine Chance heute auch noch einen Kuss zu bekommen."

„Glaubst Du?"

Er beugt sich zu mir runter. „Das möchte ich doch schwer hoffen!"

„Na, dann will ich mal gucken, was mir noch so einfällt." Ich stelle mich auf die Zehenspitze und küsse meinen Mann. Gleichzeitig schiebe ich eine Hand unter seinen Hosenbund und umfasse eine seiner Pobacken.

Wir beschließen heute nicht mehr zu duschen, sondern direkt ins Bett zu gehen. Ein guter Plan!

Dienstag, 17. Oktober – Almindinger Wald

Es ist vor 9:00 Uhr als wir schon auf dem Weg in das Naturschutzgebiet ‚Almindinger Wald' sind. Wir möchten Bisons sehen.

Das haben wir im Sommer schon versucht, aber leider keinen Erfolg gehabt. Mika hat damals schon gesagt, dass die Tiere sehr scheu sind und man nur etwa jedes fünfte Mal Erfolg hat. Er hat im April ein paar Tiere vor die Linse bekommen und jetzt möchten wir nachlegen.

Ich überlege schon den ganzen Sommer, wie Mika diese Fotos gemacht hat. Ich vermute er hat sich morgens um 5:00 Uhr unter einen großen Stein oder neben einen Baumstamm gelegt und mindestens sechs Stunden mit der Kamera im Anschlag gewartet. Ich bewege mich ja eher ungerne, aber angesichts der riesigen Ameisen, die in Scharen über den Boden marschieren, würde ich hier ungerne länger auf dem Boden verweilen.

Ole und ich haben einen Plan: Wir werden uns strategisch und mit Kamera bewaffnet verteilen. Ich beziehe einen festen Platz an einem Picknicktisch an dem kleinen See, den die Tiere vermutlich zum Saufen verwenden. Ole wird den See umrunden und sich ein bisschen in die Büsche schlagen.

Auf diese Weise erhoffen wir uns größere Erfolgschancen. Zudem setzen wir auf die Saison und die Uhrzeit. Wir hoffen, dass Mitte Oktober und an einem Werktag nur sehr wenig Menschen in dem Gebiet unterwegs sind und die Tiere dann entspannter und vielleicht auch mobiler sind, statt sich zu verstecken.

Wir haben ein bisschen Proviant dabei, weil wir noch nicht gefrühstückt haben und das gerne nachholen möchten. Ich habe mir zudem noch ein Buch mitgenommen, denn ich werde eine ganze Weile alleine an dem Tisch verbringen. Gegen 9:20 Uhr haben wir geparkt und den nur wenige hundert Meter entfernten Tisch in Beschlag genommen.

Wir frühstücken, möglichst ohne Krümel auf den Boden zu werfen. Es gibt hier schon genug Ameisen, da möchte ich nicht noch ein All You Can Eat Buffet für die Tiere einrichten. Bisons werde ich mit belegten Brötchen eh nicht anlocken können.

Um viertel vor Zehn ist Ole unterwegs. Ich packe zusammen und nehme den Krimi aus der Tasche. Das Wetter ist hell und nur wenig windig. Am Strand wäre es deutlich windiger, aber hier im Wald ist das Wetter angenehm. Generell haben wir in diesem Urlaub ja eh Glück mit dem Wetter. Es regnet mal ein paar Minuten, aber bisher konnten wir jeden Tag das unternehmen, wozu wir Lust hatten.

Mika hat schon erwähnt, dass der Sommer extrem Trocken war. Damit unterscheidet Bornholm sich nicht von dem europäischen Festland. Gerade darum denke ich, dass die Bisons den See brauchen um ihren täglichen Durst zu löschen. Dieses Naturschutzgebet grenzt nicht ans Meer und selbst wenn... Meerwasser ist ja auch für Tiere oft nicht nutzbar.

Ich genieße den Ausblick in die Bäume und die wunderschöne Landschaft am Seeufer. Ich höre viele Tiere, auch wenn ich nur ein paar Insekten und natürlich die Ameisen auf dem Boden sehe. Gelegentlich kommen ein paar Vögel über den See gesegelt und lassen sich auf diversen Ästen nieder.

Ich fühle mich wohl und genieße die Ruhe. Ich kann sogar ein paar Minuten progressive Muskelentspannung betreiben. Man sitzt hier fast wie in einem Märchen. Das normale Leben ist gerade ganz, ganz weit weg. Fast zu schön um wahr zu sein. Ich gucke auf die Uhr. Ole ist jetzt schon über eine Stunde weg und ich habe bisher noch keine WhatsApp bekommen, dass er fündig geworden ist.

Ich lese ein paar Seiten und Grüße freundlich ein älteres Paar, dass langsam auf dem Weg in der Nähe vorbei geht. Ich bin also doch nicht ganz alleine hier. Die nächsten Seiten verschlinge ich, dann greife ich in die Tasche und nehme mir etwas zu trinken raus. Während ich den Verschluss drehe, bemerke ich eine Bewegung am Seeufer. Links von mir, erscheinen ein paar große Schatten auf der anderen Uferseite.

Ich erstarre in der Bewegung und starre über das Wasser. Das Getränk stelle ich langsam und leise auf die Tischplatte. Die dunklen Flecken und Schatten bewegen sich, die Konturen werden eindeutiger, ich erkenne mehrere kleine, gebogene Hörner.

Ich greife zu meinem Handy und tippe: „Sie sind hier!"

Dann aktiviere ich die Kamera und zoome. Das sind Bisons… definitiv!

Klack! Klack!

Die ersten Beweisfotos habe ich schon mal. Sehr gut!

Ich habe das Gerät auf lautlos eingestellt, darum ist der Auslöser nur minimal zu hören und die Tiere sind mindestens 60 Meter weit weg. Das sollte kein Problem sein. Zumindest nicht solange die Tiere durstig oder neugierig sind und ich mich langsam bewege. Ganz langsam.

Ich warte zwei Minuten und die Bisons kommen endgültig aus dem Dickicht. Es ist eine kleine Herde mit fünf großen Tieren und zwei kleineren. Auf meinem Gesicht breitet sein ein Grinsen aus. Mein Plan war perfekt und die Tiere sind wunderschön. Stark und mächtig. Ich weiß wie schnell ein Pferd laufen kann und vermute, dass ein

Bison in voller Fahrt ein beeindruckender Anblick sein muss. Und gefährlich!

Ein galoppierendes Pferd kann ich einschätzen, gegebenenfalls auch beeinflussen. Ein Bison wiegt bestimmt ein Drittel mehr und würde mich wahrscheinlich rammen oder überrennen. Echt gefährlich! Sie fühlen sich offensichtlich nicht durch meine Anwesenheit gestört, oder sie haben mich einfach noch nicht bemerkt.

Das darf gerne so bleiben, denn ich möchte die Tiere ja nur ansehen und sie nicht erschrecken und stören. Die Distanz kann ich mit dem Zoom der Kamera überbrücken. Die Fotos werden toll!

Ein kleines grüne Symbol erscheint auf dem Display. Ich öffne die Nachricht. „Wo bist Du?"

Fragt mein Mann mich gerade wirklich wo ich bin? Er muss wirklich genauso überrascht sein wie ich, sonst wüsste er, dass ich mich freiwillig keinen Meter von hier wegbewegt habe.

„Hier." Lautet meine Antwort und ich hänge eine Großaufnahme in den Anhang. Ich spüre, dass ich immer noch lächele und schieße noch ein paar atemberaubende Fotos.

Dann lege ich das Handy weg und beobachte einfach nur die Tiere. Sie scheinen mich wirklich nicht zu bemerken oder falls doch werde ich einfach ignoriert. Beides ist für mich akzeptabel.

Irgendwann haben alle Tiere ihren Durst gestillt und ziehen sich langsam wieder zurück. Ich kann nur hoffen, dass Ole sich von der richtigen Seite her nähert, damit er ihnen auch noch begegnet. Die Tiere sind Touristen ja gewöhnt und werden sich im Zweifelsfall eher zurückziehen, statt anzugreifen. Ich denke da kann ich unbesorgt sein. Ole wird sich nicht mit den Tieren anlegen. Bestimmt nicht!

Ich sehe noch ein Eichhörnchen einen Baumstamm hoch rennen und ignoriere weiterhin die Ameisen unter mir. Etwa 25 gelesene Krimi-Seiten später sehe ich meinen Mann kommen. Er sieht müde aber glücklich aus.

„Hast Du sie gesehen?" frage ich.

Er lacht leise. „Ja, dank Dir! Ich wusste ja, dass sie am Seeufer sind und da konnte ich ihnen den Weg abschneiden."

„Schön für Dich!"

Ole nickt. „Und für die Kamera. Die hatte richtig was zu tun."

Er setzt sich zu mir an den Picknicktisch.

„Möchtest Du was essen?"

„Gerne, aber vor allem möchte ich was trinken. Ich habe ganz schön Gas gegeben, um die Tiere noch zu erwischen."

Ich packe etwas Kleingebäck und kalten Kaffee in Dosen aus. Vorher trinkt Ole aber noch eine isotonische Limonade. Dann teilen wir uns den Kuchen.

„Wie nah bist Du rangekommen?" Frage ich neugierig.

„Sehr nah, bis auf knapp 25 Meter."

„Oh, dann warst Du aber deutlich näher dran als ich. Ich konnte sie von hier aus zwar gut sehen, aber bis zum anderen Seeufer sind es bestimmt 60 Meter."

Ole lächelt. „Ohne Dich hätte ich sie aber wahrscheinlich gar nicht gefunden."

Er reicht mir die Kamera und ich guck mir die Bilder an. Ich sehe viele Portraits der imposanten Tiere. Solche Fotos konnte ich mit meinem Handy natürlich nicht machen.

„Sehr schön!" Sage ich und gebe ihm die Kamera zurück.

Wir essen zu Ende und packen die Reste und Abfälle wieder sorgfältig ein. Wir bleiben noch etwa 30 Minuten an dem Seeufer, dann breche wir wieder auf.

Es ist jetzt Mittag und wir planen das Abendessen. Hierzu fahren wir in einen Supermarkt und lassen und inspirieren und sehen uns nach Angeboten um. Nachdem wir die Waren in den Regalen gecheckt haben, entscheiden wir und für leckere grobe Grill-Würstchen und die berühmten roten Würstchen. Dazu gibt es Hot-Dog Brötchen, Senf und eine cremige rote Sauce. Zwiebeln und saure Gurken brauchen wir nicht, als Beilage gibt es einen gemischten Salat.

Da ist zwar eher Fast Food, als ein leckeres Abendessen, aber wir haben keine Lust aufwendig zu kochen und Würstchen sind in Dänemark ein unumgänglicher Klassiker.

Auf dem Rückweg in das Ferienhaus halten wir noch an zwei Kirchen, die wir im Sommer nicht besichtigt haben. Auch den riesigen hellen Bullen mit seiner einzelnen braunen Kuh finden wir wieder. Er steht jetzt auf einer anderen Weide, aber ich finde es immer noch beeindruckend, dass er dauerhaft mit einer Kuh-Dame zusammenleben darf.

Schön für ihn! So eine Haltungsform für einen Zuchtbullen (und das ist er bestimmt!) kenne ich aus Deutschland gar nicht.

Wir kaufen überwiegend irische Butter, weil die Kühe dort wirklich fast ganzjährig auf der Weide stehen. Aber die Haltung von Zuchtbullen, sieht in Europa leider generell häufig weniger schön aus. Ich denke dieser Bulle ist ein echter Glückspilz.

Zu Hause angekommen, gehe ich in die Badewanne. Weil mir danach ist und weil die Wanne einfach fantastisch ist. Ich schaffe noch ein paar Seite in meinem Krimi, bevor ich meine Augen für ein paar Minuten schließe. Mein Kopf ruht auf dem Rad der Badewanne und ich fühle mich wundervoll, warm und glücklich.

„Wann möchtest Du Abend essen?" Ole hat den Kopf in das Bad gesteckt und plant sein weiteres Vorgehen.

Ich blinzele. „Ich wollte so in 10 Minuten rauskommen."

„Schön, dann gibt es so in etwa einer halben Stunde Abendessen."

„Super, bis dahin habe ich auch den Salat fertig."

„Na dann." Er geht wieder.

Ich verlasse kurz drauf das duftende warme Wasser und trockne mich ab. In der Küche bereite ich den gemischten Salat in zwei Schälchen mit kleinen Extras vor. Tomaten für Ole, Gurken für mich und Croutons und gehackte Nüsse für uns beide. Bei dem schlichten Essen, darf der Salat mal ein bisschen auftrumpfen.

Ole hat die Würstchen gebraten und erhitzt, die länglichen Brötchen erwärmt und diverse Saucen auf den Tisch gestellt. Mahlzeit!

Es schmeckt super und der Aufwand ist minimal. Dazu trinken wir Bier und Wasser.

Nach dem Abendessen spielen wir noch drei Runden Kniffel, lesen ein paar Minuten und gehen dann ins Bett.

Es muss ja nicht jeden Abend fast Mitternacht werden.

Mittwoch, 18. Oktober - Reitjeans

Gegen 9:00 Uhr frühstücken wir.

„Ich habe heute eine Überraschung für Dich." Sagt mein Mann, während er an seinem heißen Chai-Tee nippt.

„Welche?"

„Das möchtest Du jetzt gerne wissen, richtig?"

Ich nicke, mein Mann lächelt. „Vergiss es!"

Ich mache eine unbedeutende Geste mit den Händen. „Hey! Erst erzählst Du etwas von einer Überraschung und jetzt gibst Du mir nicht mal einen Tipp? Das ist unfair."

Ole lacht. „Stimmt! Also: Ich lege dir gleich etwas aufs Bett und das ziehst Du dann bitte einfach an. Weitere Erklärungen gibt es, wenn wir da sind."

Ich runzele die Stirn, nicke aber. „Na gut… Da bin ich ja mal gespannt."

Ole stellt die Tasse auf den Tisch und geht ins Schlafzimmer. Ich höre ihn kramen und eine Schranktür öffnet und schließt sich. Ich bin gespannt.

Mit dem Frühstück sind wir fertig, darum räume ich den Tisch ab und warte, bis Ole zurückkommt. Er hat selber ein Bündel mit Kleidung unter dem Arm und geht lächelnd in Richtung Badezimmer. „Du darfst jetzt gucken."

Leider kann ich nicht erkennen, was er da genau unter dem Arm hat, es sieht aber recht rustikal aus. Wahrscheinlich eine Jeans und ein Fleece-Pulli. Ich gehe ins Schlafzimmer und gucke auf das Bett. Mit dem, was da liegt, habe ich nun gar nicht gerechnet.

Auf dem Bett liegt meine Jodhpur-Reitjeans, ein Poloshirt und die Zugstiefeletten stehen auf dem Boden. Ich bin verwirrt. Wozu brauche ich hier Reitklamotten? Ich habe seit mindestens fünf Jahren nicht mehr auf einem Pferd gesessen. Ja, wir haben beruflich mit Pferden zu tun und die Hose trage ich gerne, wenn wir zu Kunden oder Veranstaltungen fahren. Aber was soll ich hier damit?

Auf Bornholm gibt es hauptsächlich mehr oder weniger aktive Traber, die überall auf den Wiesen grasen. Ein paar Ponys habe ich auch schon gesehen und es gibt die beiden großen Oldenburger, die im Sommer eine Kutsche durchs Ekkodalen gezogen haben.

Ich weiß, dass es Reitställe gibt, aber ein Pferd zu finden, dass problemlos mein Gewicht tragen kann, ist eher schwierig.

Ich ziehe mich um, wähle auch noch einen sporttauglichen BH. Mal wieder auf ein Pferd zu steigen wäre schön, aber bei meinen bisherigen Recherchen habe ich hauptsächlich Kinderreiten auf Bornholm gefunden. Irgendetwas muss Ole da arrangiert haben.

Ich bin fertig und mache zwei Kniebeugen, um den korrekten Sitz zu prüfen. Ole kommt rein. „Bist Du fertig?"

„Wie sieht es denn aus."

„Dreh Dich mal um."

Ich drehe mich um und seine Hand landet klatschend auf einer Pobacke.

„Passt!"

„Ej! Ganz schön frech der Mann!" maule ich.

„Lass uns fahren!" Ole grinst wie ein kleiner Junge und schnappt sich den Schlüssel.

Wir steigen in den Wagen und fahren etwa eine Viertelstunde, dann rollen wir auf einen Hof mit angrenzenden Weiden. Ich erkenne den Mann mit dem Schlapphut und der wilden grauen Mähne sofort wieder. Das ist unser Kutschenfahrer vom Sommer. Wir begrüßen uns herzlich und er zeigt uns das Sattelzeug der beiden schwarz-braunen Pferde, die auf einem Paddock auf uns warten.

Die beiden sind etwa 1,65 m groß, kräftig und eher ruhig vom Gemüt her. Wir putzen beide gründlich. Meiner heißt ‚Max' und der andere Wallach ‚Fred'. Dann satteln wir und steigen mit einer kleinen Treppe auf. Die beiden warten geduldig, bis wir oben sind und ich kraule Max den langen Hals. Ole bespricht mit Magnus noch die Route, die wir nehmen werden. Er scheint uns zu vertrauen, hat gesehen, dass wir den Umgang mit Pferden gewohnt sind. „Have fun!" ruft er uns nach und hebt eine Hand, als wir im Schritt den Hof verlassen. Ich rücke meine Reitkappe zurecht. Zum Glück habe ich mir vorhin noch einen langen Zopf geflochten, sonst würde meine Mähne jetzt unter dem Rand hervorquellen.

Es ist ungewohnt mal wieder auf einem Pferd zu sitzen. Max ist um einiges Größer als die letzten Pferde auf denen ich gesessen habe und er bewegt sich völlig anders. Großrahmiger, langsamer und er schuckelt wie ein kleines Schiff auf den Wellen. Das passt zu einem Inselpferd! Der Sattel ist auch ungewohnt. Schmal, hart und die Steigbügelriemen rutschen bei jeder Bewegung hin und her. Wir sind das Reiten im Westensattel gewöhnt, auf einen klassischen Sattel zu sitzen machte einen riesigen Unterscheid, aber damit komme ich schon klar.

„Du lächelst." sagt Ole und grinst mich an.

„Nein!" sage ich. „Ich strahle!"

Er lacht. „Dann eben so! Bist Du überrascht?"

„Und wie! Ich kann gar nicht glauben, dass Du das hier möglich gemacht hast. Ich habe ja selber schon nach einer Reitmöglichkeit auf Bornholm gesucht, aber nichts Passendes gefunden."

„Jetzt hast Du mal wieder ein Pferd unter deinem Hintern."

„Vor allem habe ich Dich an meiner Seite. Wo reiten wir hin?"

„Da dieses Gelände in der Inselmitte liegt, können wir leider nicht ans Meer reiten. Aber das umliegende Land und das Waldstück rechts von uns soll sehr schön sein. Ich habe eine grobe Idee wo es langgeht und der Bauer erwartet uns erst in etwa zweit Stunden wieder."

„Schlimmstenfalls, werden die Pferde wohl irgendwann selber nach Hause finden."

„Wahrscheinlich." Ole nickt.

Wir reiten ein paar Minuten schweigend im Schritt nebeneinander her. Als wir den Waldrand erreichen halten wir an und gurten nach. Bei einem klassischen Sattel ist das sinnvoll.

Max und Fred machen Ihre Sache bisher sehr gut. Sie sind nicht empfindl344ich, machen ein bisschen was sie wollen, aber sie kennen sich hier auch besser aus als wir. Auf einem Reitplatz würden wir mehr einwirken und mit den Pferden wirklich arbeiten, aber hier im Gelände können wir die beiden einfach zügig laufen lassen.

Ich denke nicht, dass die Wallache zum Durchgehen neigen. Immerhin habe ich sie schon vor der Kutsche erlebt, die sind immer gut zu Händeln, können aber am Hang auch mal richtig zulegen.

Die Pferde schnauben ab und wir nehmen die Zügel etwas auf. Der Boden und die Sicht ist gut, das Wetter perfekt.

„Antraben?"

„Auf jeden Fall!"

Die Pferde ändern sofort die Gangart und genießen die lockere Bewegung genau wie wir. Wir lassen die Zügel länger in die Pferde schnauben wieder zufrieden ab, schütteln leicht die Köpfe und dehnen nicht vorwärts abwärts. So soll es sein.

Die beiden sind nicht schnell, aber extrem raumgreifend und flach. Warmblüter eben.

Nach etwa einer Minute wechseln wir wieder in den Schritt. Die beiden gehen, genau wie wir, auf ein gewisses Alter zu, da kann man es auch mal etwas ruhiger angehen lassen.

Ich kraule Max und er nickt einmal mit dem großen Kopf. Dann nehme ich den rechten Zügel etwas auf und gebe seinem Kopf im Genick ein bisschen Stellung. Max überlegt, kaut und lasst den Kopf etwas fallen. Ich lasse den Zügel los und lobe ihn. Er macht das gut und ich möchte, dass er sich mit mir wohl fühlt, darum mache ich ein bisschen Gymnastik mit ihm. Ein bisschen dehnen und strecken im Hals, wirkt sich positiv auf seinen ganzen Bewegungs-apparat aus. Ole macht das ähnlich. Wir kommunizieren mit unseren Pferden, zeige ihnen, dass Zügel ein Hilfsmittel sind, und keine Zugseile. Die beiden sollen uns Vertrauen und auf uns reagieren, statt uns zu ignorieren, was sie wohl mit den meisten Touristen tun müssen.

Ich dehne Max auf beiden Seiten noch ein bisschen, dann lasse ich den Zügel völlig lang. Er schnauft und dehnt sich, ich spüre, dass seine Hinterhand aktiver wird und er mich mehr über seinen Rücken trägt.

Das ist Perfekt und genau was ich erreichen wollte!

Vor uns steigt der sandige Weg leicht an und Ole tauscht einen Blick mit mir. „Schneller?"

Ich nicke einmal und wir traben wieder an. Jetzt sind die Pferde wärmer und wacher. Die Ohren sind gespitzt und man merkt, dass sie das Gelände gut kennen. Hier überrascht die beiden so schnell nichts.

Ole und ich bleiben nebeneinander, es gibt keine Wanderer oder Radfahrer auf die wir Rücksicht nehmen müssten. Der Weg steigt leicht an und beide Pferde fallen in einen leichten Galopp. Ich gucke zu Ole und er nickt. Kein Problem!

Man merkt, dass es ich um zwei Kutschpferde handelt, die es gewohnt sind in gleichem Tempo nebeneinander her zu laufen.

Wir stören die beiden nicht, lassen sie eine Weile nebeneinander herlaufen. Wir sind jahrelang zusammen ausgeritten, Ole und ich brauche nur einen Blick oder ein Handzeichen um uns zu verständigen. Die Pferde schwitzen und Max atmet einmal hörbar durch. Ich gucke zu Ole und er nickt.

Wir richten uns auf und die Pferde nehmen das Angebot sofort an und gehen Schritt.

Wir lassen die Zügel lang uns klopfen ihnen sanft den Hals. Die beiden machen Spaß und sind wirklich leicht zu reiten.

„Glücklich?" Fragt Ole.

Ich lache. „Nein! Ich könnte platzen vor Glück!"

Ole lacht auch und wir fassen uns kurz bei der Hand. So haben wir das auch gemacht, als meine Stute noch gelebt hat und wir zusammen ausgeritten sind. Allerdings war es schwer mit meiner Stute neben Oles Wallach zu bleiben. Die Kleine war extrem quirlig und entweder vor oder hinter Ole. Neben einem anderen Pferd einfach nur entspannt her zu laufen, war für das Ex-Rennpferd nicht akzeptabel. Mit ihr war ich meist weit vor den anderen unterwegs, oder sie hatte keine Lust und wollte entspannen, dann ist sie hinter dem Wallach hergelaufen. Nebeneinander zu Reiten war schwierig.

Mit Max und Fred ist das der Normalzustand. Wir lachen und fühlen uns super.

„Ich werde morgen einen tierischen Muskelkater haben." jammere ich.

„Wahrscheinlich! Aber Hauptsache Du kommst nachher wieder selbstständig runter. Von diesem Pferd kann ich Dich nämlich nicht runter heben."

Ole spielt auf eine Situation vor etwa fünfzehn Jahren an, als er mich von einem Haflinger runterziehen musste, weil ich verletzungsbedingt nicht mehr selber absteigen konnte. Max ist aber viel Größer und ich bin mindestens 15 kg schwerer. Das würde nicht so einfach funktionieren.

Ich lache. „So macht man einer Frau aber auch keine Komplimente. Was bin ich den jetzt alles: Unbeweglicher, fetter und auch noch älter?"

Ole schüttelt den Kopf „So habe ich das nicht gemeint."

„Das weiß ich, aber es klingt schon ein bisschen blöd."

„Entschuldigung."

Ich lache. „Ist OK, ich weiß ja von wem das kommt."

Ole lächelt entschuldigend. „Traben?"

„Au ja!" Ich lehne mich nach vorn und gebe Max einen kurzen Schenkelimpuls. Er versteht sofort und schießt mit langen Schritten nach vorne.

Der Ausritt ist fantastisch. Die Natur ist wunderschön, die Luft kühl und angenehm. Ole und ich sind definitiv nicht mehr im Training, aber die beiden Wallache machen es uns leicht. Sie machen fast alles alleine und wenn wir die Richtung oder das Tempo ändern möchten fügen sie sich.

Irgendwann kommen uns zwei Senioren entgegen, die wir freundlich grüßen. Sie kommen aus England und machen ein Foto von uns beiden auf den Pferden. Ein tolles Bild und eine tolle Erinnerung an einen ganz besonderen Urlaubsmoment.

Nach knapp zwei Stunden sind wir wieder zurück auf dem Hof. Man sieht, dass die beiden geschwitzt haben, aber wir bringen sie trocken und entspannt zurück. Der Bauer ist zufrieden und wir dürfen gerne wiederkommen. Gute Reiter sind eher selten und er meint, die beiden freuen sich darüber auch mal geritten zu werden. Wir satteln ab und massieren die Wallache noch ein bisschen bevor wir sie auf die Wiese entlassen, wo sie sich kräftig im Dreck hin und her wälzen.

„Vielen Dank!" Sage ich und kuschele mich an einen Mann. Er legt den Arm um mich. „Gerne geschehen. Sowas hätten wir längst mal wieder mache sollen."

„Wenn wir zu Hause sind, leihen wir uns von unserer Kundin mal zwei getupfte Noriker, die wollte ich schon immer mal reiten."

Wir lehnen am Zaun und geben uns einen Kuss. Ein perfekter Moment.

„Möchtet Ihr noch einen Pott Kaffee?"

Wir drehen uns zu dem Bauern um, der uns von der Tür her zu winkt.

„Möchten wir?" Ole guckt mich an.

„Gerne!"

Kurz drauf sitzen wir in der Küche bei Kaffee und einzeln verpackten Zimtschnecken und Kokos-Törtchen. Letztere kennen wir schon vom Sommer, die sind köstlich. Wir unterhalten uns noch ein bisschen über Pferde und das Leben auf Bornholm.

Der Mann gefällt uns. Er sieht ein bisschen wild aus, aber er hat ein Herz für Pferde und die Haltung hier ist einwandfrei. Mit Tieren kennt er sich aus und es gibt auf den Hof natürlich auch noch einen Hund, Katzen, die Pferde, ein paar Hühner und bestimmt noch andere Zwei- und Vierbeiner.

Ole schlägt vor noch ein paar Bienen anzuschaffen, um zum Beispiel die Obstbäume zu bestäuben. Die Idee findet unser Gastgeber gut, sagt aber, dass er sich mit Bienen gar nicht auskennt. Ole hatte durch einen Freund schon ein bisschen Kontakt mit dem Imkern und findet, hier wäre ein perfekter Ort für Bienen und einen kleinen Hofverkauf.

Es ist schon früher Nachmittag, als wir endlich wieder aufbrechen. Ole hat noch kurz beim Boxen-Misten geholfen. Ich habe nochmal die Wallache und zwei Ziegen gebürstet und die Hühner gefüttert.

Ich spüre meine Muskeln, bin aber super glücklich. Wir werden garantiert wieder herkommen. Wahrscheinlich zum Reiten oder Fahren, aber vor allem als Besuch.

Zu Hause falle ich erschöpft auf die Couch und schließe die Augen ein paar Minuten. Ole lässt Wasser in die Badewanne und schiebt einen Kartoffelauflauf mit Gemüse in den Ofen, den wir gerade noch auf dem Rückweg gekauft haben.

„Auf in die Badewanne." Wispert er und küsst mich auf die Stirn.

Ich öffne meine Augen „Das ist eine großartige Idee."

„Ich weiß, immerhin sind wir es nicht mehr gewohnt auf einem Pferd zu sitzen. Der Muskelkater wird morgen höllisch, da wird uns die Badewanne heute guttun.

Wir gleiten in das warme Wasser. So eine Doppel-Badewanne ist jetzt ein Traum. Wir habe das richtige Haus für uns ausgesucht. Auf jeden Fall!

Ich lehne mich an Ole und genieße das duftende, cremige Wasser. Das Leben kann unbeschreiblich schön sein. Das ist jetzt genau so ein Moment.

Aber nicht ganz so gut, wie vorhin im Galopp durch den Wald zu jagen.

Ole hat mich mal wieder überrascht und völlig glücklich gemacht. Ich hatte etwas Ähnliches für ihn geplant, bin aber nicht fündig geworden.

Ich spüre Oles Hand auf meinem Oberschenkel und er wendet sich mir ein wenig zu. Wir küssen und das warme, duftende Wasser trägt zu einer sehr romantischen Stimmung bei.

„Was wird das denn?" Frage ich leise.

„Ich muss doch Mal kontrollieren, ob Du dir blaue Flecken geholt hast oder Dir was weh tut."

„Aha. Na dann guck dich mal um."

„Das mache ich und wo ich vor lauter Schaum nichts sehe, kann ich meine Hände einsetzten."

Ich kichere und rutsche etwas tiefer in die Wanne. Ich küsse ihn und flüstere: „Ja bitte, mach das."

Wir bleiben noch eine ganze Weile in der Wanne.

Donnerstag, 19. Oktober - Fackeln

Der Tag verläuft unspektakulär. Ich habe etwas Muskelkater und versuche mich mäßig zu bewegen. Mittags gehe ich in die Badewanne und wir essen früh zu Abend, denn wir haben heute noch etwas vor.

Um Punkt 18:00 Uhr halten wir vor dem freistehenden Haus. Mika und Freya kommen sofort raus und steigen in unser Fahrzeug.

Die beiden waren arbeiten und konnten sich gerade mal umziehen. Ich denke Outdoor-Kleidung haben die Zwei immer griffbreit, egal wie wenig Zeit sie zum Umziehen haben.

Ich gebe Gas und wir schießen an der Westküste in Richtung Norden hoch. Wir planen an einer abendlichen Wanderung auf der Burg Hammershus teil zu nehmen. Ole wollte das schon im Sommer machen, aber da es im Sommer sehr lange hell bleibt, habe ich in einer Wanderung mit Fackeln oder Lampen keinen Sinn gesehen. Jetzt ist es Mitte Oktober, da wird es deutlich früher dunkel. Eine Fackelwanderung erscheint uns jetzt deutlich reizvoller. Vor allem weil wir sie zu Viert machen und unser Urlaub sich hier langsam dem Ende entgegen neigt. Heute ist Donnerstagabend und Samstag früh müssen wir schon wieder auf der Fähre sein. Dann werden wir erst im Juni nächsten Jahres, also in zehn Monaten, zurück sein.

Soweit denke ich heute Abend aber noch nicht. Ich fahre nicht auf den großen Besucherparkplatz, sondern auf einen kleineren, von dem aus, die Wanderung los gehen soll.

„Muss jemand nochmal auf die Toilette?" Frage ich. „Falls ja, dann sollte er das jetzt machen. Die nächsten knapp drei Stunden, wird das nicht möglich sein."

Niemand möchte nochmal einen Umweg machen, also ziehen wir unsere leichten Windbreaker an und warten auf den Tour-Guide. Auf dem Parkplatz finden sich nach und nach auch noch andere Personen ein.

Ich schätze, dass es sich überwiegend um englische Touristen handelt.

Ein SUV hält neben uns und ein etwa sechzig jähriger Mann in dem historischen Gewand eines Stadtführers steigt aus. Er begrüßt alle Anwesenden in Deutsch und Englisch. Er verschafft sich einen Überblick seiner heutigen Besucher und ich hatte Recht: Bei den etwa 16 Personen handelt es sich fast ausschließlich um Briten, außer vier anwesenden Deutschen und zwei Dänen. Wir beschließen die Fackel-Wanderung ausschließlich in englischer Sprache abzuhalten, das macht es für den Guide etwas einfacher und er muss nicht alles doppelt erzählen.

Ich bin ehrlich: Historisch interessiert die Wanderung mich eher weniger, aber ich bin mindestens zwei Stunden in Mikas Nähe und das bei romantischem Fackellicht. Etwas anderes möchte ich gerade gar nicht. Von mir aus, könnten wir auch mit einer kleinen Lichtquelle einfach hier auf dem Parkplatz sitzen bleiben. Aber so viel Glück habe ich wahrscheinlich nicht. Also muss ich mitlaufen.

Ich könnte eine Krankheit vortäuschen… oder Migräne, dass kennt Mika ja schon.

Leider kennt Ole mich aber auch. Er wüsste sofort, dass ich simuliere und er würde mich bestimmt daran erinnern, dass so ein Manöver unter meinem Niveau ist. Da hat er leider Recht. Aber die Idee ist trotzdem gut!

Unser Führer öffnet seinen Kofferraum und holt diverse Laternen heraus. Am Niederrhein würde man Sturm- oder Grubenlampe dazu sagen, eine Fackel hatte ich mir jedenfalls anders vorgestellt. Jeder bekommt eine Laterne, die offensichtlich mit einem Akku geladen wurde.

Es ist kurz nach 19:00 Uhr als wir langsam loslaufen. Da vier ältere Personen in der Gruppe sind, ist das Tempo langsam, was mir mit meinem Asthma entgegenkommt. Ich habe beide Sprays griffbereit in der Jackentasche und mich auch vorab präpariert. Hoffentlich reicht das für den Aufstieg. Vor Mika möchte ich ungerne schlapp machen und minutenlang nach Luft ringen. Das wäre schlecht für mein Ego.

Wir laufen taktisch klug. Mal etwas vor der Gruppe, so dass wir gelegentlich kurz warten und pausieren können, doch kurz bevor wir oben sind fallen wir deutlich zurück.

Die letzten Meter gehen nochmal etwas stärker hoch und das obwohl ich eh schon völlig fertig bin. Wer kein Asthma oder COPD hat (ich habe beides!) kann sich das nicht vorstellen. Es ist als wenn mir jemand den Hals zudrückt und ich die Füße nicht mehr vom Boden hochkriege.

Zudem bekomme ich fast immer auch gleichzeitig Seitenstechen. Ganz prima!

Mika bemerkt, dass ich am Ende bin und bleibt mit mir etwas zurück. So war zwar mein Plan, aber romantisch ist das hier gerade gar nicht. Eher ein kleiner medizinischer Notfall.

Käse!

Ich keuche und schwitze. Was unsere Tour-Guide sagt, bekomme ich gerade gar nicht mehr mit. Ich schnappe nach Luft, weiß aber nicht ob ich mehr Probleme mit dem ein- oder ausatmen habe. Beides tut weh und mein persönlicher Leistungs-Akku fällt ins Bodenlose.

Mika packt mich beim Arm und zieht mich etwas zur Seite. Er lehnt sich gegen eine Brüstung und zieht mich an sich.

„Ganz ruhig atmen Emma. Beruhige Dich!"

Ich schnappe nach Luft versuche meinen Puls zu regulieren. Gott ist mir das peinlich, aber ich kann mich einfach nicht beruhigen.

Er beginnt meinen Nacken zu massieren, drückt mit seinen Daumen sanft meinen Kiefer nach oben. „Guck nach oben Emma, dann kannst Du leichter Atmen."

Ich bin brav und mache was er sagt.

Ich spüre, dass ich so wirklich ein wenige tiefer einatmen kann. Ein gutes Gefühl. Ich schließe meine Augen, fühle mich immer noch hilflos. Ich bin mir aber sicher, dass Mika auf mich aufpasst.

„Verfluchter Mist!" japse ich. „Das hätte ich ja jetzt mal eine Minute länger aushalten können."

Mika lacht leise, küsst mich flüchtig auf die Stirn. „Wenn Du schon wieder fluchen kannst, dann bekommst Du auch schon wieder besser Luft."

Ich klammere mich an seinen Parker, versuche tiefer und ruhiger zu atmen. „Es wird langsam besser."

„Schön." Er drückt mich nochmal kurz an sich, dann gehen wir langsam weiter um den Anschluss an die Gruppe nicht völlig zu verlieren. Wenn man uns auch noch suchen müsste, wäre das richtig peinlich.

Wir betreten das Innere der Burgruine. Ole sieht sich schon suchend nach uns um, obwohl er sich gerade mit Freya unterhält. Ich nicke ihm einmal zu und er weiß, dass mit mir alles in Ordnung ist.

Unser Führer versammelt uns zu einem ersten Vortrag auf dem viereckigen Aussichtsturm, auf dem ich im Sommer schon länger gesessen habe. Er zählt wie umkämpft Bornholm früher war und welch zentrale Rolle diese Burg gespielt hat. Welche Gebäude es gegeben hat und wie viele Menschen hier gelebt haben.

Ich höre nur mit einem Ohr zu. Mein Puls beruhigt sich, weil ich nicht mehr laufen muss und ich fange langsam an zu trocknen. Selten war ich so dankbar für eine Jacke, denn der Windbreaker schützt meinen feuchten Rücken jetzt vor Zugluft. Ohne diesen Schutz würde ich bestimmt frieren.

Dann hätte ich ruck zuck eine Erkältung und das kann ich jetzt gerade gar nicht gebrauchen.

Mika legt von Zeit zu Zeit seine große Hand auf meinen Rücken. Das beruhigt mich und macht mich glücklich.

Wir verlassen den Turm und versammeln uns an dem einzelnen großen Baum in der Mitte des Innenhofes. Im Anschluss gehen wir in einen abgelegenen Teil der Ruine, wo wir die Laternen in einem Halbkreis um unseren Guide aufstellen und uns auf niedrige Steine setzten können.

Jetzt geht es historisch weniger um Krieg und Gewalt, als um die Menschen die früher einmal in dieser Burg gelebt haben. Welche Ehen hier geschlossen wurden und wer hier mit welchen Befugnissen gelebt und geherrscht hat.

Das ist recht spannend, ich verstehe aber leider nicht alles. Mein englisch reicht nicht und ich bin zudem abgelenkt. Mikas Hand in meinen Nacken ist deutlich interessanter für mich, als der nette Mann in der historischen Kleidung mit federgeschmücktem Barrett.

Wir sitzen sehr dicht bei einander und ich spüre wie die Finger seiner linken Hand über meine Rücken nach unten gleiten. An meiner Hüfte sucht er den Rand meiner Jacke und meiner Bluse, dann gleiten seine Finger ein paar Zentimeter weiter auf meiner Haut nach oben. Ich spüre wie er seine Finger spreizt und seine ganze Handfläche auf meinen Rücken legt. Ich zittere und gucke ihn fragend an.

Mika guckt nach vorne, scheint unserem Redner gebannt zuzuhören. Dann guckt er einen Moment zu mir rüber und ich sehe in seinem Gesicht, dass er jetzt gerne etwas ganz anderes machen würde.

Bei diesem Mann passt einfach alles. Seine weichen Gesichtszüge, die in der Dunkelheit von dem warmen Lampenlicht erhellt werden. Seine glitzernden Augen, die Sehnsucht und Leidenschaft, die ich darin lesen kann. Ich wäre jetzt gerne alleine mit ihm hier oben.

Ole und Freya sitzen irgendwo rechts von uns. Mikas Körper versperrt mir die Sicht auf die beiden, aber das macht gerade nichts.

Der große Däne ist alles, was ich gerade ansehen möchte.

Mika zieht seine Hand zurück, streicht mit seiner Hand über die Schulter und meinen Arm. Dann legt er seine linke auf meine Rechte und unsere Finger verschränken sich. Er beugt sich ein wenig zu mir hin.

„Bitte komm wieder her!" flüstert er. „So schnell wie möglich!"

Ich starre ihn an, vergesse sogar einen Moment zu atmen. Ich mag diesen Mann und er mich augenscheinlich auch. Acht Monate sind wir bald weg. Acht Monate.... Das ist lang, aber machbar.

Wir haben jetzt fünf Monate überbrückt, dann schaffen wir auch knapp das Doppelte. Hauptsache, wir kommen zurück. Zurück nach Bornholm und zurück zu diesem Mann.

„Wir sehen uns wieder. Ich verspreche es!"

Mika lächelt, stricht mir eine Haarsträhne aus dem Gesicht. Seine Fingerspitze berührt meine Haut. „Ich bin hier."

Wir blicken uns noch einen Moment an, dann gucken wir wieder nach vorne.

Mikas Hand liegt jetzt wieder auf meiner. Ich spüre den sanften Druck seiner Finger.

Ich bemerke ein paar Mücken, die um uns herumschwirren. Die Führung neigt sich dem Ende entgegen und es ist richtig dunkel geworden. Das Licht zieht jede Menge Insekten an.

Unser Redner kommt zum Ende und wir applaudieren lange. Der Mann war gut, die Führung super, auch wenn ich mich kaum konzentrieren konnte. Vielleicht wiederholen Ole und ich den Rundgang irgendwann nochmal, denn heute hat mein Mann vermutlich deutlich mehr mitbekommen als ich.

Zusammen verlassen wir als Gruppe die Burgruine. Mika bleibt dabei an meiner Seite. Ole, Freya und die übrige Gruppe gehen vor uns her. Mit dem Rückweg habe ich weniger Probleme, als mit dem Hinweg.

Wir laufen überwiegend abwärts, das kann ich deutlich besser, als bergauf zu gehen.

Wir schlendern durch die Dunkelheit, ich konzentriere mich auf meine Atmung und die Schritte. Unterhalb der Burg stehen rechts von uns ein paar einzelne Bäume.

Mika nimmt mir die Lampe ab, stellt sie mitten auf den Weg, dann packt er meinen Oberarm und zieht mich unter einen der Bäume, drückt mich gegen den Baumstamm.

So ganz wird der Baumstamm uns nicht verdecken, wenn sich einer der anderen Besucher umdreht, aber das ist uns jetzt gerade egal.

Mikas Lippen liegen auf meinen und ich klammere mich an seinen Parker. Sein Körper drückt mich gehen den Stamm und ich spüre alles, was in ihm vorgeht. Er greift nach meiner rechten Hand und drückt sie in seinen eindeutig gewölbten Schritt.

Zwischen zwei Küssen flüstere ich: „Jeg kan lide dig!"

Er lacht leise. Er weiß, dass ich in den letzten Wochen ein bisschen dänisch gelernt habe, aber er ist offensichtlich sehr überrascht, dass ich ausgerechnet jetzt dänisch spreche.

„Komm wieder." flüstert er mir ins Ohr. „Ich mag Dich nämlich auch!"

Er küsst mein Ohr, dann meine Lippen.

Wir pressen uns noch einen Moment fest aneinander, dann lösen wir uns, nehmen die Laternen auf und gehen Hand in Hand der Gruppe hinterher.

Unsere Gefühle hängen wie ein offenes Versprechen zwischen uns. Wir mögen uns, das ist unbestreitbar und wir geben das auch beide zu. Würden wir das bestreiten, würden unsere Körper uns verraten. Jeder Blick den wir tauschen und jede kleine Berührung verrät, dass wir uns wirklich mögen. Körperlich und seelisch.

Wir sind uns sehr ähnlich und wir fühlen uns gut, wenn wir Zeit miteinander verbringen. Das ist schön! Und so herrlich unkompliziert.

Ja, ich möchte mein Leben mit Ole verbringen. Jeden einzelnen Tag! Und ich möchte an seiner Seite sein, egal wo er hingeht. Er ist mein Mann und er wird mein Partner und Vertrauter bleiben, solange es irgendwie geht. Ich will nicht ohne ihn Leben!

Dabei ist Ole so unfassbar selbstlos. Er ermöglicht es mir, dass ich einen kleinen Teil meines Lebens mit diesem schönen, freundlichen Dänen teilen darf.

Welcher Mann würde sowas tun? Ich glaube nur die Wenigsten. Nur die Besten! Einen dieser besonderen Männer liebe ich und habe ihn vor so vielen Jahren geheiratet. Ich bin eine sehr glückliche Frau!

Mika ist (m)ein Freund, mit gewissen Vorzügen, aber Ole ist mein Mann. Das ist etwas ganz anders!

Ich hätte nie geglaubt, dass ich für zwei Männer gleichzeitig so viel empfingen kann und dass das auch irgendwie ‚zulässig' ist, ohne auf den Gefühlen von einer oder mehreren Person herumzutrampeln. Mir würde es mit irgendwelchen Heimlichkeiten dabei nicht gutgehen. Es würde mich belasten und unglücklich machen. Ich traue mich ja nicht mal Mika vor seiner Frau zu küssen. Das geht einfach nicht, außer im Scherz, zum Beispiel beim Ludo spielen.

Aber das ist nicht erotisch, sondern einfach nur lustig.

Zwischen Freya und Ole hat die Beziehung sich in den letzten Tagen auch verändert. Sie haben eine andere Intensität erreicht. Anders als bei Mika und mir, aber sie mögen sich. Wahrscheinlich weniger körperlich, aber ihre zunehmende Freundschaft gefällt beiden und tut ihnen gut.

Ich hoffe Freya sieht das ähnlich wie ich: Immerhin stehen wir ja nicht in Konkurrenz zueinander, sondern ergänzen einander. Sonst würde das hier nicht funktionieren.

Sollte das irgendwann doch zu Problemen führen, müssen wir ehrlich sein und Konsequenzen ziehen. Hoffentlich passiert das nicht! Noch nicht! Hoffentlich nie!

Ich möchte mit diesen beiden Dänen befreundet sein und es auch bleiben! Ich mag beide, jeden auf seine Art und Ole geht es ähnlich.

Mika und Freya stellen eine Bereicherung für unser gemeinsames Leben dar. Es ist eine schöne, spannende Ergänzung, aber es entzweit uns nicht, sondern es schafft

Erinnerungen, die wir teilen können. Die ein fester Bestanteil unseres gemeinsamen Lebens darstellen. Noch mehr ,wir'!

Wir erreichen den Parkplatz und geben die Laternen zurück. Der Führer verabschiedet sich und die kleine Runde löst sich rasch auf.

Überall steigen die Teilnehmer in die verschiedenen Fahrzeuge und rollen vom Parkplatz. Nur wir Vier bleiben irgendwie unschlüssig vor meinem Kombi stehen.

„Wir müssen morgen früh wieder arbeiten gehen." Sagt Mika und Freya nickt.

Ich gucke auf die Uhr an meinem Handy. „Es ist jetzt kurz nach 21:00 Uhr."

Ole guckt Freya fragend an: „Der Rückweg ist kurz, möchtest Du eventuell noch ein paar Meter spazieren gehen."

Ich bin überrascht. Das klingt als wenn Ole sich von Freya auch noch nicht trennen möchte. Ich habe vorhin auf der Burg ja nicht mitbekommen, was die beiden gemacht oder besprochen haben, aber er möchte offensichtlich noch Zeit mit Ihr verbringen. Oder Mika und mir noch etwas mehr Zeit verschaffen. Beide Optionen gefallen mir!

Freya guckt in die Runde. „Gegen einen kleinen Spaziergang ist nichts einzuwenden, oder Mika?"

Er grinst und schüttelt den Kopf. Dann gibt er seiner Frau einen flüchtigen Kuss und flüstert etwas in ihr Ohr, was sich wie „Mange Tak!", übersetzt heißt das ‚vielen Dank', anhört.

Ich schmunzele, tausche einen Blick mit meinem Mann, der kurz eine Augenbraune hebt. Wir werden nicht zu viert spazieren gehen. Garantiert nicht!

Mika fasst meine Hand und wir verlassen zügig den Parkplatz. Auf dem Weg gehen wir aber nicht nach links in Richtung Burg, sondern wir folgen einem kleinen Trampelpfad nach rechts in Richtung Meer. Ich vermute zumindest, dass da irgendwo ein kleiner Weg ist.

Um uns schwirren die Insekten und der Mond erhellt die Natur nur noch minimal. Es reicht gerade mal, um sich ein bisschen zu orientieren und nicht über einen Ast zu stolpern. Ich weiss nicht, ob Mika sich hier auskennt, aber er scheint auf einen ganz bestimmten Ort zuzusteuern

Wir erreichen einen etwas abseitsstehenden Picknicktisch. Von Freya und Ole hören und sehen wir nichts mehr, sie scheinen in Richtung Burg gegangen zu sein. Überhaupt ist hier außer den Insekten und dem Mondlicht niemand.

Mika dreht sich zu mir um, lehnt sich an den Tisch und zieht mich an sich. Er öffnet seine Jacke und schließt mich in seine Arme. Er ist warm und legt seine Jacke um mich herum. Der Mann ist fürsorglich und seine Küsse schmecken fantastisch.

„Keine Angst, wir werden das hier nicht übertreiben." Flüstert er und macht eine kleine Pause. Wir legen unsere Stirn aneinander und genießen den Augenblick.

„Du bist süß und ich habe keine Angst vor Dir."

Mika schmunzelt. „Vielleicht solltest Du dich doch ein bisschen fürchten. Du bist alleine mit mir, mitten in der Wildnis und obendrein in einem fremden Land. Ich könnte dich hier ganz einfach verschwinden lassen."

Ich boxe ihm ganz leicht in die Seite. „Du machst mir keine Angst."

Mika küsst mich wieder. „Ist ja gut. Du bist bei mir völlig sicher… immer!"

„Das weiß ich doch." Ich streiche ihm mit den Fingerspitzen über die Wange, beginne seine weichen Haare im Nacken zu kraulen.

Ich sehe in der Dunkelheit seine Augen glitzern. Wir sind hier noch nicht fertig!

„Wir habe noch etwa 40 Minuten."

Ich runzele die Stirn. „Aha. Warum genau 40 Minuten?"

„Weil ich mit Freya abgesprochen habe, falls wir noch eine Runde spazieren gehen, dann treffen wir uns etwa eine Stunde später wieder am Parkplatz. Wir haben knapp 10 Minuten hier hingebraucht, die brauchen wir also auch für den Rückweg."

„Ach so, der Herr Däne hat das hier also schon vorher geplant?"

„Nein, nicht geplant! Aber immerhin für eine Möglichkeit gehalten."

„Ist das für Freya in Ordnung?"

„Ja, das ist es. Sie mag Ole und die Zeit die sie mit ihm verbringt, tut ihr gut. Er ist lieb, fürsorglich, er ist unkompliziert und er mag sie, was er ihr auch deutlich zeigt. Das ist gerade Balsam für sie und Ole bietet ihr etwas, was ich ihr im Moment so nicht bieten kann: Einfach nur unverbindliche Freundschaft."

„Freya geht es nicht gut, oder?"

Mika schüttelt dem Kopf. „Leider nein, aber es wird langsam besser und die Freundschaft mit Euch, tut ihr sehr gut. Vor allem Du bist ein Vorbild, weil Du krank warst, gekämpft hast und Dir dein Leben und Deine Träume, zusammen mit deinem Mann, zurückgeholt hast. "

Ich bin geschockt. „Und dann nehme ich ihr gerade jetzt auch noch ihren eigenen Mann weg."

„So darfst Du das nicht sehen!" Flüstert Mika. „Du gibst mir gerade das, was sie mir nicht so geben kann. Körperliche Nähe,

Unkompliziertheit und Spaß. Du machst mich glücklich und Freya möchte, dass ich glücklich bin."

„Ich möchte, dass Du glücklich bist. Ich möchte, dass wir alle vier glücklich sind. Auf die eine oder andere Weise."

Mika küsst mich. „Das sind wir. Freya braucht nur gerade viel Zeit für sich und sie kann mit Ole über ein paar Dinge sprechen, weil er einen ganz anderen Blickwinkel hat."

Ich streiche Mika über das Gesicht. „Wir haben noch etwa 35 Minuten. Also, was möchtest Du machen?"

Ich sehe seine großen Zähne aufblitzen, greife sein Shirt an der Brust und ziehe ihn näher zu mir heran. Er kennt das ja schon, wenn ich ihn angehe. Meine Hand liegt in seinem Nacken, er entkommt mir so nicht und er will hier gerade auch nicht weg.

Er dreht sich um, drückt jetzt mich gehen den Tisch. „Rauf da." sagt er und ich hebe meinen Po auf den Tisch. Mika packt meine Knie hebt sie hoch und schiebt mich weiter auf den Tisch. Dann kniet er über mir.

Seine Küsse sind jetzt leidenschaftlich und berauschend. Seine Zunge füllt mich aus und ich genieße seine Nähe und Zuneigung.

Meine Hände gleiten unter sein Shirt und streicheln seinen Bauch und seine Brust. Er lacht und richtet sich kurz auf. Seine Jacke landet irgendwo auf der Sitzbank. Trotz des Shirts habe ich jetzt mehr Zugriff auf seinen Körper.

Er ist wieder über mir und ich gleite mit der Hand an seiner Brust herunter, über den Bauch und dann noch ein Stück tiefer. Ich öffne seine Gürtelschnalle und er schnappt nach Luft. Ich gleite einmal über die Vorderseite seiner Hose und er vergräbt seinen Kopf in meinen Haaren. Ich höre seine Stimme: „Mach bitte weiter."

Ich muss lachen, das kann der Mann haben!

Sein Reißverschluss ist schnell geöffnet und er wölbt sich mir entgegen. Ich lege meine Hand auf ihn und spüre, wie er zittert.

„Für einen fünfzig jährigen Mann, bist Du ganz schön aufgeregt."

Er schiebt seine Lippen ganz nah an mein Ohr. „Pass bloss auf Emma, dass ich nicht noch ganz andere Dinge bin."

Ich kichere und beginne ihn zu massieren. Er schnappt nach Luft, sein Arme zittern, aber er bleibt über mir. Ein rechtes Knie liegt seitlich neben meiner Hüfte und das andere zwischen meinen Knien. Er verlagert sein Gewicht mehr auf die Beine, um seine Arme zu entlasten. Mit einer Hand begint er mich zu streicheln und er küsst mich wieder.

Das hält mich aber nicht von meinem Tun ab. „Das läuft hier gerade falsch Emma." Flüstert er. „Eigentlich wollte ich hier noch was für Dich tun."

Ich fühle mich wie ein Teenager, nicht wie eine erwachsende Frau in den besten Jahren. „Alles ist gut Mika. Die Position ist gerade perfekt dafür."

Ich spüre, wie seine Atmung sich verändert. Seine Spannung steigt deutlich. Ich bin mutig und umgreife ihn jetzt in seiner Boxershorts. Mika zuckt zusammen und stöhnt leise. „Oh mein Gott Emma!"

„Ganz ruhig!" Flüstere ich. „Ich mache das schon."

Ich erkenne, dass er die Augen schließt und sich zu konzentrieren versucht.

Ich mache es ihm nicht einfach, ändere immer wieder den Rhythmus und treibe ihn immer weiter. Er warte ab und atmet. Ich spüre wie warm er wird, dass er nicht mehr lange durchhält.

Nichts auf der Welt würde den Mann jetzt hier wegbekommen. Mika schnappt nach Luft und kommt. Er zittert und es wird warm und feucht in meiner Hand.

Ich spüre seine Lippen auf meinen. Er zittert immer noch. „Bei Dir verliere ich wirklich völlig die Kontrolle."

Ich küsse ihn und flüstere. „Schön für Dich."

„So war das hier nicht geplant."

„Willst Du dich etwa beschweren?"

Er lacht. „Auf gar, gar, gar keinen Fall! Wirklich nicht."

„Wir sollten Dich wieder einpacken bevor Du dich erkältest."

Mika nickt und klettert von dem Tisch herunter. Er zieht sich wieder an und ich wische meine Hand an einem Taschentuch ab. Ich setzte mich auf, rutsche an die Tischkannte und sehe zu, wie er seinen Gürtel schließt. Dann kommt er zum Tisch zurück, nimmt mein Gesicht in seine großen Hände und küsst mich zärtlich.

„Ich mag Dich Emma. Du bist echt toll und unglaublich aufregend."

„Ich mag Dich auch Mika."

„Was kann ich den jetzt noch für Dich tun?"

Ich lächele ihn an und streiche ihm über die Wange. „Halt mich bitte einfach nur fest."

Mika atmet ein und nimmt mich dann in seine langen Arme. Er umschlingt mich und ich fühle seine Lippen auf meinem Scheitel. Er ist unfassbar lieb. Ich wünschte ich könnte die Zeit für ein paar Minuten anhalten. Nur für eine kleine Weile. Nur noch ein ganz kleines bisschen mehr Zeit für uns. Hier irgendwo im nirgendwo.

Ich klopfe ihm auf den Rücken und er sieht mich fragen an.

„Wir sollten so langsam zurück gehen."

Er nickt. „Du hast Recht!"

Er streicht mir über die Wange.

„Ich weiß nicht, ob wir uns nochmal sehen können bevor ihr abfahrt. Wir müssen morgen den ganzen Tag nach Schweden rüber und wissen nicht ob oder wann wir abends zurückkommen."

Ich nicke. „Alles ist gut Mika. Das hier war doch schon unser Bonus, oder nicht?"

„Nichts ist gut, das nächste Mal nehme ich mir frei, wenn ihr hier seid."

Ich lache. Beim nächsten Mal sind unsere Eltern dabei. Da wissen wir noch gar nicht, was da wie geht. Und wir sind ja auch wieder viel weiter weg."

„Aber wir sehen uns wieder, oder?"

Ich schweige einen Moment. „Ich sehe Dich jeden Abend vor mir, wenn ich meine Augen schließe."

Mika sagt nichts, schluckt hörbar. „Vielleicht hätten wir uns einfach früher treffen müssen..."

Ich lache leise. „Mika... Wenn wir uns vor 27 Jahren getroffen hätten, dann könnten die Dinge zwischen uns jetzt völlig anders liegen. Vielleicht hätten wir fünf gemeinsame Kinder und ich würde jedes davon abgöttisch lieben. Vielleicht würden wir auch kein Wort mehr miteinander reden. Wer weiß das schon? Aber: So wie es jetzt ist, ist es perfekt für mich." Ich streiche ihn über die Brust. „Ich bin froh, dass ich Dich in diesem Leben überhaupt getroffen habe und vor allem macht mich glücklich, dass wir uns mögen dürfen. Das ist viel mehr, als ich mir je erhofft hatte."

Wir küssen uns, lassen unsere Lippen dann noch einen Moment einfach aufeinander liegen.

„Du bist echt toll Emma und du behältst einen klaren Kopf, wenn ich nicht mehr weiß wo mir meiner gerade steht."

„Quatsch! Ich bin einfach nur verrückt. Und Ole muss so manche böse Kröte mit mir schlucken. Wirklich!"

„Du bist jeden Ärger und jede Mühe wert."

Ich strahle in die Dunkelheit. „Und du bist ein ganz wundervoller Mensch! Und genau darum gehen wir beide jetzt zurück und leben das Leben, dass wir gewählt haben und das wir auch genauso weiterführen wollen."

Mika zieht seine Jacke an und ich gleite von dem Tisch runter. Er legt einen Arm um mich und hält mich kurz fest, dann gehen wir hintereinander langsam über den Pfad zurück.

Einmal übersehe ich Blindfisch eine Wurzel und falle fast hin. Im letzten Moment kann ich mich leise fluchend an Mika festhalten.

Ab diesem Moment leuchtet er uns den Weg mit der Taschenlampe seines Handys und läuft noch etwas langsamer und vorsichtiger. Ich bin nachtblind und sehe bei Dunkelheit wirklich sehr schlecht. Als der Pfad wieder breiter wird, erreichen wir fast augenblicklich den Parkplatz.

Wir lehnen uns nebeneinander an einen Fahrradständer. Mika legt einen Arm um mich und wie wundern uns, dass wir vor Freya und Ole zurück sind. Wir hatten eigentlich gedacht, dass die beiden mit scharrenden Hufen schon hier auf uns warten.

Irgendwann hören wir leises lachen und Schritte auf dem Weg. Freya und Ole unterhalten sich angeregt, wirken locker und entspannt.

Wir tauschen ein paar Blicke, gehe dann zusammen um Kombi und steigen alle ein. Es ist 22:30 Uhr als wir vom Parkplatz rollen. Knapp zwanzig Minuten später setzen wir Freya und Mika vor ihrem Haus ab.

Wir steigen alle aus und umarmen uns zum Abschied. Die beiden müssen morgen früh aufstehen und die erste Fähre erreichen.

Wir versprechen wieder zu kommen und die beiden möchten im nächsten Sommer unbedingt Oles Eltern kennen lernen. Dann reißen wir uns endgültig los und fahren in unser rotes Ferienhaus rüber.

„Möchtest Du noch etwas trinken?" Fragt Ole als er die Tür hinter uns abschließt.

Ich hänge die Jacke weg, ziehe meine Schuhe aus und drehe mich zu Ole um.

Dann breche ich in Tränen aus.

Ole ist sofort bei mir und nimmt mich in seine Arme. „Ganz ruhig Emma!"

„Ich will hier nicht weg!" Schluchze ich und verstehe mich gerade selber nicht mehr. Ich bin gerade nur emotional und völlig verwirrt. Ich weiß nur eines: Ich will hier nicht weg!

Ole wartet, bis ich mich ein bischen beruhigt habe. Dann küsst er mich und blickt mich ernst an. „Ich frage Dich jetzt nicht, ob das nur was mit einem blonden Dänen zu tun hat. Wenn ich mir Sorgen machen müsste, würdest Du es mir sagen. Richtig?"

Ich atme und schüttele den Kopf. „Es ist nicht nur Mika! Ich bin hier glücklich, verdammt: WIR sind hier so glücklich! Kein Stress, kein Beruf, keine eintönige Norma-lität mit all ihren Problemen. Ich freue mich ja auch unsere Katzen und Freunde bald wieder zu sehen, aber hier ist es so schön, so leicht und so weit weg von unserem normalen Trott."

Ole zieht mich neben sich auf die Couch, nimmt mich wieder in den Arm. „Ich weiß genau was Du meinst."

Ich fange wieder an zu weinen.

„Ich weiß ja, dass das hier nur Urlaub ist und dass man sich den auch leisten können muss. Wir können nicht einfach hier bleiben… ich weiß das ja! Aber ich bin gerade trotzdem so traurig."

„Ach Emma!" Ole streicht mir über die Wange, wischt ein paar Tränen weg.

„Muss ich mir Sorgen machen?"

„Nein!" Ich atme tief durch. „Ich bin nur gerade verwirrt und muss den Druck loswerden."

„Dafür bin ich ja da." sagt er und lächelt.

„Du bist immer für mich da und ich hoffe, dass bleibt auch so." murmele ich. „Für immer!"

Ole streicht mir eine feuchte Strähne aus dem Gesicht. „Das bin ich, wenn Du das möchtest."

Ich kuschele mich an meinen Mann und flüstere. „Ja, das möchte ich."

So bleiben wir eine Weile auf der Couch sitzen, bis wir irgendwann aufstehen und ins Bett gehen.

Eng aneinander gekuschelt hält Ola mich noch lange fest, bis ich irgendwann in seinen Armen einschlafe.

Freitag, 20. Oktober – Wir packen

Der letzte volle Tag im Urlaub ist immer der schwierigste.

Man fängt schon mal an einzupacken und sich innerlich ein wenig zu distanzieren. Trotzdem möchte man alles nochmal so richtig ausnutzen. Einkaufen, Krölle-Bölle essen und am Strand oder auf im Garten relaxen. Ich möchte am Liebesten alles auf einmal, aber das geht natürlich nicht.

Ich packe morgens schon wieder die Kleidung in meinen großen Koffer und nach dem Duschen alles, was schon aus dem Bad schon raus kann, ein. Den Koffer wird Ole heute am späten Abend schon in den Wagen stellen, morgen früh soll alles schnell gehen.

Gegen 10:00 Uhr sitzen wir im Auto und fahren über die Insel. Nochmal in unsere liebsten Supermärkte, auf der Suche nach Dingen, die man gut mitnehmen kann, oder die wir unbedingt noch besorgen müssen: Lakritz für eine Freund und einen Arbeitskollegen. Rulepøsle und Leverpostej für Papa und Mama. Schokoladenpilze für mich und zwei Gläser Marmelade von einem Straßenverkauf. Wir holen uns noch zwei Stücke Kleingebäck und einige Zimtschnecken für heute und die Rückfahrt morgen. Ohne einige original dänische Zimtschnecken im Gepäck fahre ich hier nicht ab!

Wir fahren noch einen großen Second-Hand Laden an, finden hier aber nichts wirklich Interessantes.

Es ist Mittag, als wir uns jeder ein großes Krölle-Bölle mit Kokaopulver gönnen. Ole schleckt an seinem Eis und guckt mich an. „Was möchtest Du heute Abend essen?"

Ich lecke mir Schokoladenpulver von den Lippen und schlucke, bevor ich antworte. „Bitte irgendetwas, womit wir die Küche entlasten. Ich möchte morgen früh nicht noch spülen müssen."

„Da bin ich bei Dir. Also, was möchtest Du?"

„Fleisch!"

Ole lacht. „Dito! Was hällst Du von einem schönen, saftigen Steak?"

Ich lecke an meinem Eis. „Perfekt!"

„Wo möchtest Du hin: The Ranch oder Texas Bornholm?"

Wir kennen beide Restaurants noch nicht, haben uns aber die Speisekarten schon mal online angesehen. „Mir egal, die klingen ja beiden gut."

„Dann bin ich für The Ranch, wenn wir da spontan keinen Tisch bekommen, können wir immer noch ins Texas fahren."

„Ich bin dabei." Sage ich und esse meine Waffel auf.

„Fein, dann fahren wir jetzt Heim, packen die Einkäufe aus und machen uns frisch."

Knapp zwei Stunden später sitzen wir zwischen verschiedenen Westernsätteln und diversen amerikanischen Accessoires und fühlen uns fast wie in einer Sattelkammer. Genauso mögen wir es und auch das Essen ist genau das, was wir uns vorgestellt haben. Heiß, lecker und nicht zu wenig. Die Preise sind kein Schnäppchen, aber das ist in einem Inselrestaurant auch nicht zu erwarten.

Wir genießen den Abend sehr. Auch ein Dessert gönnen wir uns noch, bevor wir am noch frühen Abend wieder in das Ferienhaus fahren.

Ole macht uns aus den Getränkeresten noch ein paar süffige Drinks und wir setzten uns in den Garten. Es ist dezent windig und so langsam nimmt die Helligkeit am Horizont ab. Ole und ich kuscheln uns zusammen unter eine Decke und bleiben so lange wie möglich draußen. Ich bin nicht direkt angetrunken, aber sehr entspannt und etwas müde.

„Hat sich Freya nochmal bei Dir gemeldet?"

„Leider nein. Hat Mika sich denn bei Dir gemeldet?

„Leider auch: nein."

„Schade."

„Ja." Flüstere ich. „Sehr schade, aber sie sagten ja, dass sie heute viel zu tun haben und nicht da sind. Sonst wären sie bestimmt nochmal vorbeigekommen."

„Das hoffst Du!"

Ich gucke meinen Mann an. „Ja, das hatte ich gehofft."

Ich schlucke. „...oder dass eine WhatsApp Nachricht kommt."

Ole nimmt mich einen Moment fester in den Arm. „Ich bin ja da."

Ich lache. „Stimmt, Du bist immer für mich da! Und darüber bin ich auch sehr froh."

Wir küssen uns.

„Das war ein wirklich schöner Urlaub." Flüstert er.

„Stimmt und wir haben ihn beide auch wirklich gebraucht."

„Noch haben wir Urlaub."

„Stimmt, ein paar Tage haben wir noch, aber so spannend wie die letzten beiden Wochen wird es wohl nicht mehr werden."

„Spannend und schön beschreibt diesen Urlaub wirklich gut. Im Gegensatz dazu wird die Rückreise eher anstrengend. Ist aber nicht zu ändern."

Ich küsse meinen Mann erneut. „Egal, nach dem Urlaub ist vor dem nächsten Urlaub. Im Sommer sind wir ja schon wieder hier."

Ole streicht mir eine Strähne aus der Stirn. „Wenn wir wieder zu Hause sind, kommt jetzt erstmal Dein Geburtstag und dann auch gleich Weihnachten."

„Ich freue mich schon drauf. Auf beides."

„Auf's älter werden und auf unseren ganzen Weihnachtszirkus? Das ist mutig."

„Das darf ich ja wohl auch sein. Ich mag unsere Familie an Weihnachten und Du bist ja auch immer bei mir. Mehr möchte ich doch gar nicht."

Ole beginnt mich im Nacken zu kraulen. „Lass uns ins Bett gehen."

„Gerne!" Ich stehe auf, lege die Decke zusammen und lege sie im Wohnzimmer auf das Sofa. Genauso, wie sie lag, als wir angekommen sind.

Dann gehen wir zusammen ins Bett und genießen die letzten Stunden auf Bornholm.

Samstag, 21. Oktober - Abfahrt

Wir stehen auf dem Passagierdeck der ‚Povl Anker', der Fähre nach Sassnitz.

Die Anlegestelle liegt einige Meter unter uns. Unsere Jacken und zwei Bücher liegen auf einer Bank in der Nähe. Die Sonne ist schon warm, obwohl es erst kurz vor 10:00 Uhr ist. Wir haben uns beeilt auf das Deck zu kommen und direkt zwei Sitzplätze in Fahrtrichtung in Beschlag genommen. Sollte es doch zu kalt werden, können wir später immer noch rein gehen oder uns ein heißes Getränk holen.

Mein Blick schweift über den Hafen. Im Verhältnis zu anderen Fährhäfen oder dem Duisburger Binnenhafen ist Rønne geradezu winzig. Man kann von hier oben aus praktisch jedes Gebäude sehen und auch die direkt dahinter liegende Hauptstadt von Bornholm.

Immer noch fahren Autos auf die Fähre, aber die Schlange am Check-In löst sich jetzt endgültig auf. Wir werden in den nächsten zehn Minuten ablegen.

Ich hatte gehofft heute früh vielleicht noch einen Abschiedsgruß von Freya und Mika zu erhalten, aber das Handy gibt keinen Ton von sich. Ich bin angespannt, Ole sieht nicht weniger enttäuscht aus. Er nimmt mich in den Arm du ich spüre wie traurig er ist, die Insel wieder verlasen zu müssen.

Es ist jeden Mal dasselbe. Ole will hier nicht weg. Und ich auch nicht!

Mein Handy klingelt. Ich greife in die Hosentasche und gucke auf das Display. ‚Anruf von Mika' leuchtet mir entgegen. Schlagartig geht es mir besser, ich drücke auf ‚Anruf annehmen' und halte mir das Gerät ans Ohr. „Guten Morgen!"

„Guck mal nach rechts."

Ich klopfe Ole auf den Arm und mein Blick schweift in die angegebene Richtung, dann sehe ich zwei Scheinwerfer an einem grauen japanischen Fahrzeug aufblitzen. Freya und Mika stehen daneben und Winken uns zu.

„Was für eine Überraschung! Ich stelle mal auf Lautsprecher." sage ich und zeige Ole den Wagen.

„Mach das, wir haben auch den Lautsprecher an."

„Was macht Ihr hier?"

„Wir wollten Euch doch nicht fahren lassen, ohne auf Wiedersehen zu sagen."

„Das ist lieb von Euch." sage ich und winke endlich zurück.

Unter uns schließt die ‚Povl Anker' mit lautem Krachen die Laderampe. Die Motoren laufen noch im Leerlauf, die ersten Leinen werden gelöst.

„Wir werden uns jetzt acht Monate nicht sehen und wir möchten Euch sagen, dass wir uns jetzt schon auf den nächsten Sommer freuen."

Ich grinse. „Das ist schön. Wir freuen uns auch schon sehr auf den Sommer. Dann haben wir aber wieder das gelbe Haus und sind viel weiter von Euch weg."

„Das macht nichts. Wir werden uns treffen! Und Ole´s Eltern möchten wir auch gerne kennen lernen."

„Sie werden Euch toll finden. Garantiert!"

„Wie vermissen Euch jetzt schon!" ruft Freya in das Mikrofon.

„Ihr seid so lieb! Vielen Dank!"

Die Motoren werden lauter, gleich werden wir hier draußen nicht mehr viel hören oder verständlich telefonieren können

Mika spricht schon lauter, weil er den Krach ja selber hört. „Kommt einfach so schnell wie möglich wieder her."

Ich lache. „Das machen wir! Und wenn ihr mal in Holland oder auf dem Festland seid, meldet Euch bitte. Vielleicht klappt mal ein Treffen außerhalb von Bornholm!"

„Das machen wir! Und jetzt wünschen wir Euch ‚gute Reise'. Meldet Euch Bitte, wenn ihr zu Hause angekommen seid."

„Das machen wir! Auf Wiedersehen!"

Wir beenden das Gespräch du winken den beiden. Die Povl Anker löst sich von der Anlegestelle, wir können jetzt schon das schäumende Wasser hinter dem Schiff erkennen.

In meiner Hand vibriert mein Handy, ich habe eine WhatsApp bekommen.

9:02 - Mika:

Ich vermisse Dich jetzt schon!

Natürlich antworte ich sofort.

9:03 - Emma:

Ich Dich auch!

Im Augenwinkel sehe ich, dass Ole auf sein eigenes Display guckt. Ich kann mir denken, von wem er gerade eine Nachricht bekommen hat. Auch er tippt eine kurze Antwort ein.

Ich werde ihm nicht sagen, was Mika mir geschrieben hat und er wird mir seine Nachricht wahrscheinlich auch nicht zeigen. Ein paar kleine Geheimnisse behalten wir manchmal doch für uns.

Wir winken noch eine Weile, dann sehen wir wie die beiden in den Wagen steigen und langsam Richtung Rønne fahren.

Ole und ich strahlen über das ganze Gesicht. Er nimmt mich wieder in den Arm. „Na, bist Du jetzt wieder glücklich?"

Ich lache. „Darauf kannst Du wetten!"

„Werde ich nicht!" Ich kuschele mich an Ole. „Ich freue mich jetzt schon auf den nächsten Sommer!"

Er lacht. „Warten wir mal ab, ob wir uns wirklich erst in acht Monaten wiedersehen. Freya hat mal angedeutet, dass sie gerne mal wieder ein paar Tage nach Holland fahren möchte."

„Dann bin ich mal gespannt."

„Ich auch!"

Ich bin glücklich… genau jetzt! Hier oben auf dem Deck, im Sonnenschein und das obwohl, wir gerade abfahren statt anzukommen. Dieser Urlaub war einfach fantastisch und wir wollen uns alle wiedersehen. Das ist schön!

Jetzt stehe ich aber erstmal alleine mit Ole auf dieser Fähre.

Egal. Hauptsache wir sind zusammen!

❤

Danksagung

Ich weiß gar nicht, was ich schreiben soll…

Dies ist jetzt schon mein drittes Buch! Ich hätte niemals geglaubt, dass mir sowas gelingen würde und auch so viel Freunde macht. Der Laptop ist praktisch mein ständiger Begleiter. Jede Idee und Inspiration wird direkt in einer Szene verarbeitet. Es macht mir sooo viel Spaß!

Die Romane um Emma und Ole fließen nur so aus meinen Fingern. Ich freue mich über die Entwicklung der beiden und die Begeisterung mit der sie sich immer neuen Herausforderungen und neuen Personen stellen, ohne dabei an ihrer Beziehung zu zweifeln. Sie erfüllen sich Wünsche und sind kein bisschen eifersüchtig, was ja nicht selbstverständlich ist.

Danken möchte ich meinem Mann, der mich wirklich geduldig erträgt und nicht fassen kann, was ich mir da jeden Tag ausdenke. Freunde (außer meiner Lektorin), Kollegen und Verwandt soll dieses Buch (und die anderen Ausgaben) bitte niemals in die Hände bekommen. Falls das doch passiert…

Ich habe Euch alle sehr lieb und schreibe diese Romane nur des Geldes wegen - Ehrlich!

Ich denke irgendwann werden Emma und Ole sich auf Bornholm zur Ruhe setzten und es ruhiger angehen lassen. Bis dahin warten wir mal ab, was sie noch alles erleben.

Meines Wissen nach wollten sie schon immer mal zusammen Paris besuchen und Emma möchte irgendwann unbedingt eine Kreuzfahrt auf dem Nil machen.

Es gibt also genug Locations für ein paar weitere Geschichten.

Ich wünsche Ihnen viel Freunde beim Lesen dieses Buches!

PS: Ähnlichkeiten mit vielleicht lebenden oder verstorbenen Personen sind zufällig und ausdrücklich unbeabsichtigt!

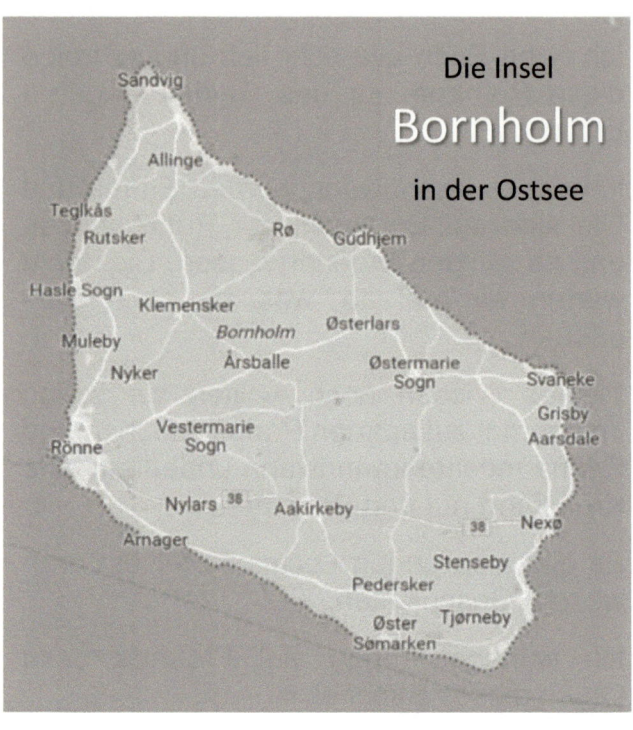

Die Insel

Bornholm

in der Ostsee

Dieses Buch hat Ihnen gefallen? Dann gucken Sie doch Mal in den ersten und zweiten Teil der „Emma" - Serie.

ALL YOU CAN EAT

Was passiert, wenn man den einen Mann trifft, den man nie treffen wollte und der die heile Welt auf den Kopf stellt?

Ich bin jetzt fast 50 und bin seit 25 Jahren glücklich mit meinem Mann zusammen. Es fehlt mir an wenig und führe ein glückliches, aber auch oft stressiges Leben. Und dann treffen wir IHN: Älter, größer und eigentlich nicht mein Typ. Trotzdem bleiben wir an einander hängen und stellen fest, dass wir uns mögen…. und wir Drei uns auch mehr vorstellen könnten!

Ein kleines Buch über das „Erwachsen werden" in den besten Jahren. Über Freundschaft, Eifersucht und ganz neue Möglichkeiten. Romantik, Treue und unerfüllte sexuelle Wünsche.

Was geht und was geht nicht? Was ist für den Partner in Ordnung, wo gibt es persönliche Grenzen und warum gab es diese Probleme in den letzten Jahren nicht?

All dem muss ich mich stellen! Mit Humor und ein bisschen Schusseligkeit kämpfe ich gleichzeitig um meine große Liebe und ein bisschen mehr Lust!

Wie weit werde ich gehen?

ALL YOU CAN EAT 2

Nachdem mein Mann und ich unseren persönlichen Horizont schon etwas erweitert haben, freuen wir uns nun auf spannende, neue Abenteuer.

Was passiert zum Beispiel, wenn wir zusammen in den Urlaub fahren und uns ein paar kuschelige Tage machen wollen?

Wir mieten uns ein Ferienhaus am schönsten Strand von Dänemark. Zwei Wochen, nur für uns alleine! ...oder doch nicht?

Wir lernen zufällig Freya und Mika kennen. Ein dänisches Paar mit dem wir uns sofort sehr gut verstehen.

Aber… wie weit werden wir dieses Mal gehen?

Dies ist die Fortsetzung von „ALL YOU CAN EAT". Genauso spannend, humorvoll und ein bisschen schusselig wie im ersten Teil, geht es hier mit Emmas Geschichte weiter.

Emma & Ole sind noch nicht am Ende mit ihren neuen, erotischen Erfahrungen.